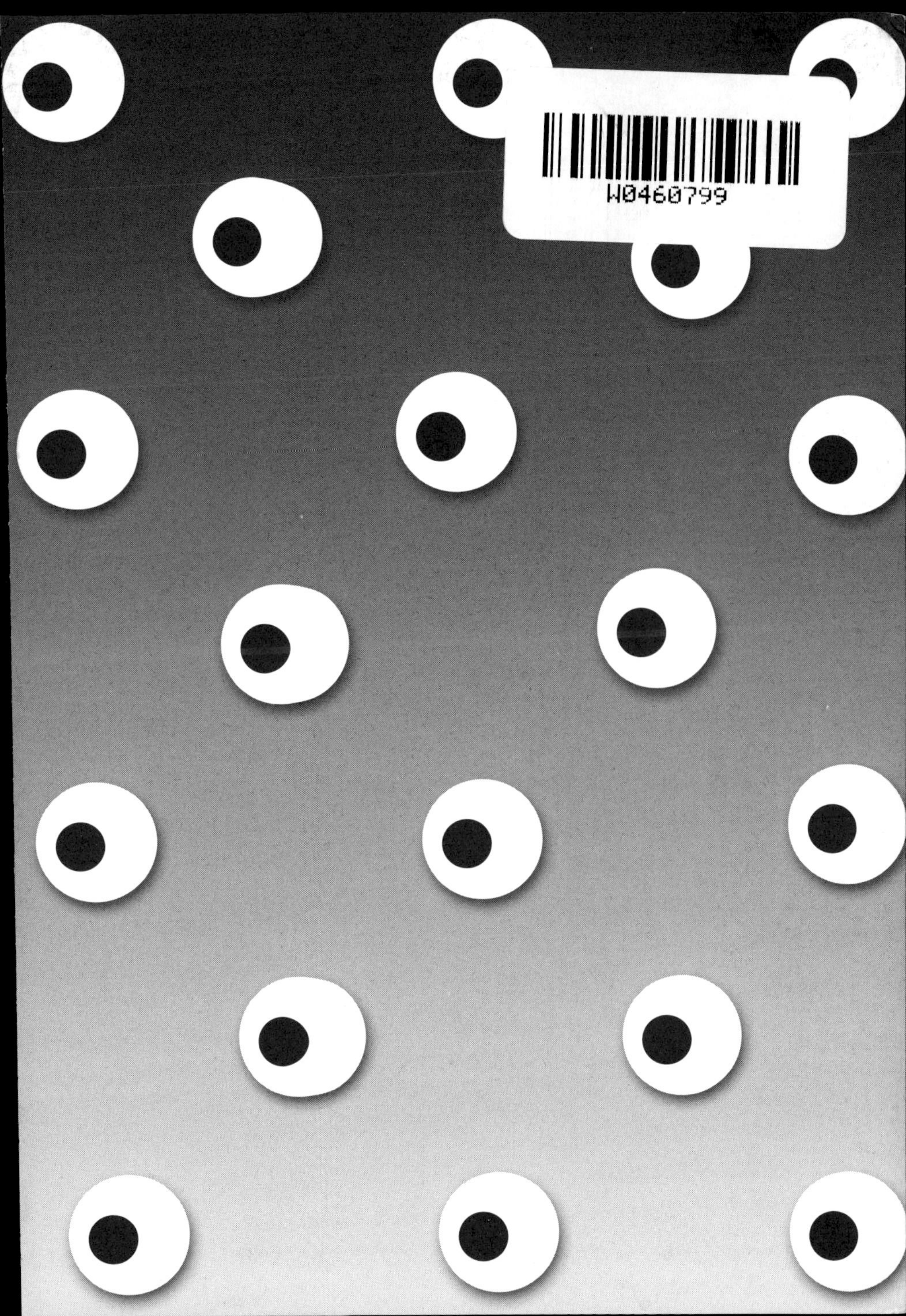

zwijsen

estafette

De logische levens van Johannes Flegman en Elizabeta Boterbloem

Pauline Michgelsen
tekeningen van
Jort van der Jagt

Auteur
Pauline Michgelsen

Illustraties
Jort van der Jagt

Redactie
Diana Jansen, Bureau Drie

Projectgroep Uitgeverij Zwijsen
Monique Engel, Michael van Haaren (projectleiding en redactie)
Marion van der Meulen (AVI-advies)
Karin van Lieshout, Anita van Son, Miranda van Zeelst (bureauredactie)
Tony Riboch (vormgeving)
Niek Rooijakkers (productiebegeleiding)
Huub Lucas (uitgever)

3e druk

ISBN 978.90.276.6933.9

NAVIGATOR

Plus

www.zwijsen.nl
www.estafette-lezen.nl

Inhoud

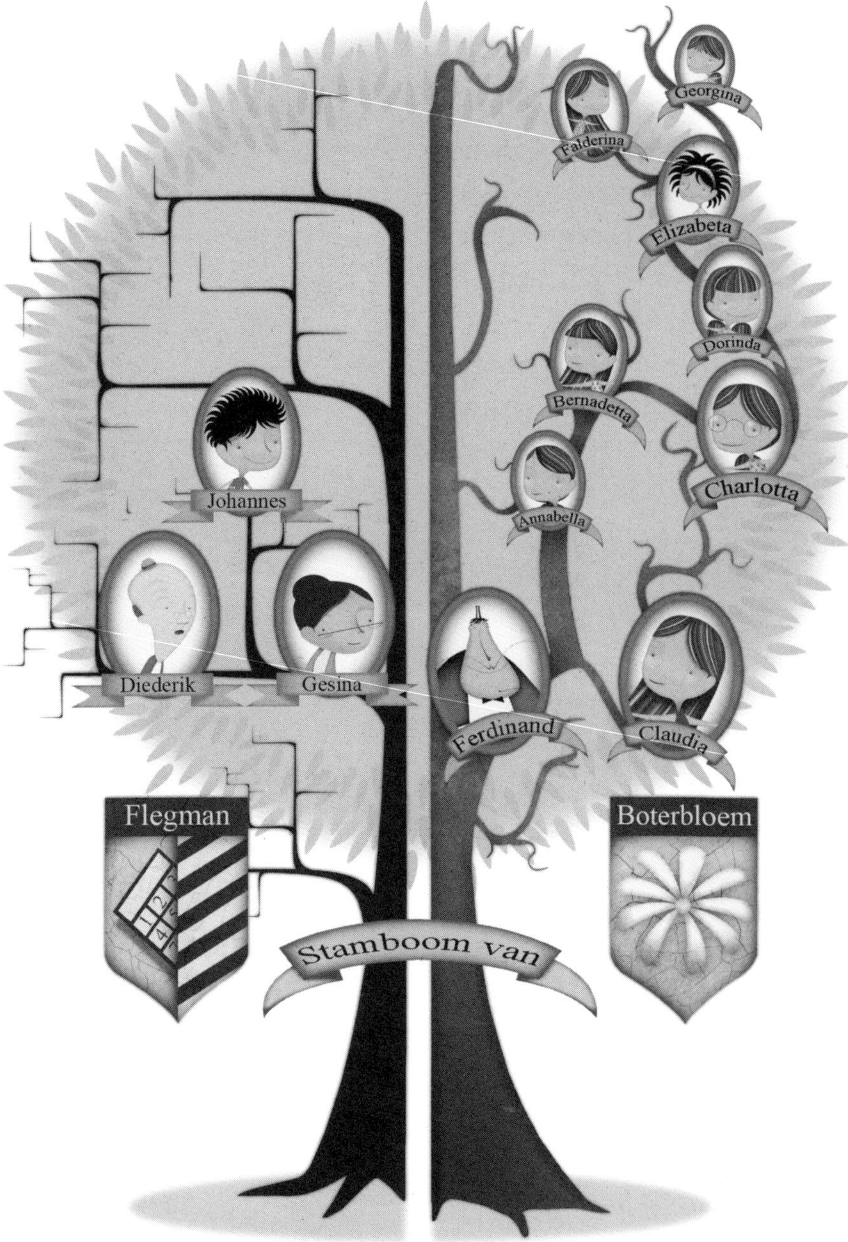
Georgina
Falderina
Elizabeta
Dorinda
Bernadetta
Charlotta
Annabella
Johannes
Diederik
Gesina
Ferdinand
Claudia
Flegman
Boterbloem
Stamboom van

1. Johannes Flegman

Johannes Flegman stond in zijn geruite pyjama voor zijn slaapkamerraam en staarde naar de overkant. Daar stonden allemaal **identieke** rode bakstenen huizen, met keurig geharkte tuintjes en witgeschilderde hekjes ervoor. Johannes wist dat zijn straatkant er precies hetzelfde uitzag, alsof er midden op de straat een spiegel was neergezet. Zijn hele buurt zag er zo uit: kaarsrechte huizen met kaarsrechte tuinen, kaarsrechte straten en kaarsrechte stoepen met kaarsrechte straatlantaarns. Nergens groeide een knoestige boom of een paar woeste struiken, er lagen geen vergeten fietsen op de stoep en er stonden zelfs geen scheef geparkeerde auto's, laat staan dat er iets als klimrekken of hangplekken waren om de boel wat op te vrolijken. Johannes vond zijn buurt ongelofelijk saai.

Op alle bovenverdiepingen aan de overkant was het donker achter de ramen, maar beneden brandde overal licht. Straks zou de torenklok elf uur slaan en zouden alle lichten allemaal tegelijk uitfloepen, omdat het dan grotemensenbedtijd was. Johannes lag al sinds kinderbedtijd in bed, maar geslapen had hij niet. Een paar weken geleden had hij namelijk het mooiste boek van de wereld gevonden. *Mijn circusavonturen* heette het, en Johannes had het ondertussen al drie keer helemaal gelezen. En sommige stukken nog vaker, zodat hij hele delen al uit zijn hoofd kende. Soms keek hij alleen maar dromerig naar de tekeningen van stoere leeuwentemmers, acrobaten die erin slaagden tien kegels

tegelijk in de lucht te houden, slangenmeisjes in gouden pakjes en door de lucht buitelende mannen met enorme spierbundels. Daarna sprong hij dan op, ging op zijn handen staan en ijsbeerde zo zachtjes als hij kon – zijn ouders mochten hem niet horen – door zijn slaapkamer.
Terwijl hij naar al die saaie huizen staarde, nam Johannes een Belangrijke Beslissing: hij werd circusartiest, en wel zo gauw mogelijk.

Voluit heette hij Johannes Pythagoras, omdat zijn ouders enorme **wiskunde**liefhebbers waren en Pythagoras ongeveer 2500 jaar geleden een belangrijk (volgens Johannes' ouders geniaal) **wiskundige** was geweest. Zijn vader had Johannes eigenlijk alleen Pythagoras willen noemen, maar zijn moeder had gezegd dat iedereen daar meteen Piet van zou maken en had daarom Johannes voorgesteld. Ze had in haar wiskunde-encyclopedie twee belangrijke Johannesen gevonden, waarna vader Flegman had geopperd hun zoontje Johannes Kwadraat te noemen, maar uiteindelijk werd het dus Johannes Pythagoras.
Zijn ouders hadden weliswaar zijn naam kunnen kiezen, maar op Johannes' wiskundige talenten konden ze helaas geen enkele invloed uitoefenen. Hoewel de kans groot is dat twee wiskundeknobbels samen een wiskundeknobbelbaby krijgen, bleek Johannes op rekengebied een **absolute** nul.
Toen moeder Flegman zwanger was, hadden de aanstaande ouders gefantaseerd hoe ze hun baby over Pythagoras zouden vertellen, of hoe ze met hem over staartdelingen

zouden babbelen. In zijn wiegje hing alvast een mobile met cijferreeksen. De werkelijkheid was echter dat Johannes, ook toen hij allang geen baby meer was, zelfs de simpelste tafels niet kon opdreunen.

Johannes vermoedde dat hij een cijfer**allergie** had, maar zijn ouders beweerden dat zoiets niet bestond. Zo gauw Johannes echter plussen, minnen, vermenigvuldigingen of staartdelingen zag, leken zijn hersenen te verschrompelen, waardoor hij alleen wat onsamenhangends kon **stamelen**. Alsof de kleine mannetjes, die altijd in zijn hoofd rondbuitelden als hij rustig op een stoel moest zitten, de deur naar zijn hersenen keihard hadden dichtgesmeten en er met hun armen over elkaar de wacht voor hielden.

Zijn ouders konden maar niet begrijpen waarom hun zoon zijn rekensommen niet begreep. Eerlijk gezegd begrepen ze hun hele zoon niet. Johannes was toch echt geen domme jongen, zeiden ze soms 's avonds tegen elkaar, dus waarom snapte hij niet dat 25 maal 25 gewoon 625 is? Waarom wilde hij niet inzien dat het reuze praktisch is dit soort dingen uit je hoofd te weten? En waarom kon hij niet rustig op zijn stoel blijven zitten, of in ieder geval op zijn beide benen blijven staan, als ze hem de staartdelingen uitlegden? Johannes had namelijk nogal eens de neiging om op zijn handen te gaan staan, of op zijn hoofd, waar andere mensen gewoon op hun voeten stonden en ook dat was zijn ouders een doorn in het oog.

Johannes begreep op zijn beurt niet alleen zijn rekensommen, maar ook zijn ouders niet, die in zijn ogen aan cijferverslaving leden. Zijn vader, Diederik Flegman, werkte als **hoofdboekhouder** bij een luchtbeddenfabrikant, terwijl zijn moeder, Gesina Flegman, als hoofdboekhoudster aan een batterijenbedrijf verbonden was. Ze waren dus de hele dag op hun werk met cijfertjes bezig. Toch gingen ze, zo gauw ze thuiskwamen, hem zijn rekensommen overhoren (ook als hij helemaal geen rekenhuiswerk had gekregen); iets wat ze overigens **kwaliteitstijd** noemden. En ten slotte zaten ze van kinderbedtijd tot grotemensenbedtijd met zijn tweetjes achter hun rekenmachines te werken aan Joost mag weten wat voor wiskundig wonder. Voor het slapen gaan lazen ze allebei nog een stukje in het *Wiskundig Tijdschrift*, en dan ging – floep! – om 23.23 uur vanzelf hun slaapkamerlampje uit.

Het wederzijdse onbegrip en de dagelijkse rekenoverhoringen waren voor alle betrokkenen een **absolute** ramp. Dat Johannes over een ander leven droomde, was dus helemaal niet verbazingwekkend. De vraag was alleen hoe hij het voor elkaar zou moeten krijgen.

In zijn keurige kaarsrechte buurt was al in geen jaren meer een circus neergestreken, en zelfs als er eens een circus langs zou komen, zou Johannes daar van zijn lang zal ze leven niet naartoe mogen. Zijn ouders vonden zoiets absolute tijdsverspilling.

2. Elizabeta Boterbloem

Toevallig werd er diezelfde avond dat Johannes starend naar de saaie huizen zijn belangrijke beslissing nam, nog een belangrijke beslissing genomen. Maar dat gebeurde op een andere plek, een andere manier en ... nou ja, alles was anders.

Ten eerste werd het besluit genomen door een meisje, Elizabeta Boterbloem om precies te zijn. En ten tweede woonde Elizabeta niet in een keurig, saai huis tussen andere keurige, saaie huizen, maar in een houten woonwagen waarop met kleurige (en beslist niet keurige) letters CIRCUS BOTERBLOEM stond geschreven. Ze stond ten derde ook niet voor het raam, maar lag ingeklemd tussen de koude wand van de woonwagen en de warme rug van haar zusje Dorinda, die weer als een lepeltje tegen zus Charlotta aan lag. En verder waren er nog zo veel andere verschillen dat we die nummering maar achterwege zullen laten.

In totaal waren er zeven zussen Boterbloem, en Elizabeta was nummer vijf; vandaar dat haar naam met een 'E' begon. Charlotta was nummer drie en Dorinda nummer vier, boven hen in het driedubbele stapelbed sliepen Annabella en Bernadetta (nummer één en twee), en onder hen Falderina (zes) en Georgina (zeven). De alfabetische volgorde van al die namen zou de indruk kunnen geven dat de ouders Boterbloem van **structuur** en orde hielden. Dit was niet het geval. Het was hooguit een póging wat structuur in hun **chaotische** leven aan te brengen. Bovendien had grootvader Boterbloem al zijn

CIRCUS
BOTERBLOEM

kinderen ook in alfabetische volgorde namen gegeven; dus het was een familie**traditie**, en van tradities hielden Elizabeta's ouders wel. Tenminste, als het hun zo uitkwam.

Voluit heette ze Elizabeta Bam Boterbloem en ook haar zussen hadden dergelijke bizarre tweede namen als *Pats* en *Boem*, omdat hun ouders dat grappig vonden. Zelf hadden de ouders Boterbloem niet zulke vreemde voornamen; ze heetten gewoon Ferdinand en Claudia en verder niks.
Circus Boterbloem was, als we de hoeveelheid dochters even buiten beschouwing laten, bescheiden van omvang. Het was een familiecircus waartoe behalve ouders en dochters ook nog twee paarden, drie ganzen en een stokoude tijger behoorden. Om een middag- of avondvullende voorstelling te geven, moesten alle gezinsleden meedraaien. Vader Boterbloem was tegelijkertijd **spreekstalmeester**, clown en goochelaar. Moeder was goochelaarsassistente en tevens een fantastische jongleur. Ze kon acht schoteltjes, mét de kopjes erbovenop, tegelijk in de lucht houden. Annabella en Bernadetta deden een ingewikkeld paardennummer, waarbij ze nauwelijks óp het paard zaten, maar vooral eronder hingen en eroverheen duikelden. Charlotta en Dorinda deden samen twee nummers op hun eenwieler, waaronder één op het slappe koord. Falderina was het slangenmeisje van de familie en bracht haar nummer samen met de tijger, die toch ook bezig moest blijven. En Georgina ten slotte zorgde voor een ganzennummer, waar het publiek zich altijd tranen met tuiten om lachte.

Helaas had Elizabeta geen enkel bijzonder of opvallend talent voor het circusvak. Ballen, schotels en kegels liet ze altijd vallen, paarden lieten háár vallen, de tijger viel in haar aanwezigheid binnen de kortste keren in slaap en haar pogingen tot acrobatiek hadden tot verschillende botbreuken en kneuzingen geleid.
Elizabeta vermoedde dat ze een zaagsel**allergie** had, maar haar ouders beweerden dat zoiets niet bestond. Zo gauw ze echter de met zaagsel gevulde circus**piste** binnenliep, verschrompelden haar ledematen, terwijl haar spieren verslapten alsof het te lang gekookte spaghettislierten waren.
Hoe dat ook kwam, Elizabeta's taken in het familiecircus beperkten zich al gauw tot de kaartverkoop, het vegen van de piste voor en na elke voorstelling en zaken als het dichtritsen van circuspakjes of het starten van de band met circusmuziek. Ze hield tevens op eigen initiatief het circuskasboek bij. Elizabeta was namelijk dol op cijfertjes.

Elizabeta luisterde in haar krappe bed naar de rustige ademhaling van haar zusjes en begreep dat ze inmiddels sliepen. De voorstelling was die avond weer niet uitverkocht geweest, maar had natuurlijk toch gewoon tot half elf geduurd. Daarna had iedereen honger gehad en hadden ze chips gegeten, omdat er eigenlijk verder niks in huis was. Boodschappen doen en andere huishoudelijke zaken schoten er bij de Boterbloemen nogal eens bij in. Laat staan dat er tijd was voor zoiets als het overhoren van huiswerk of voor een andere invulling van **kwaliteitstijd**. Elizabeta vroeg

zich weleens af of haar ouders nog wisten dat ze bestond. Terwijl in de verte een kerkklok twaalf uur sloeg, pakte ze voorzichtig haar zaklampje onder het kussen vandaan. Daarna tastte ze onder het matras naar het mooiste boek van de wereld, dat ze enkele weken geleden gekregen had. *De Wonderen der Wiskunde* heette het, en Elizabeta had er zo vaak ze kon in zitten lezen, waarbij ze alle prachtige wiskundige formules als een spons opzoog en alleen maar meer wilde weten.
Met haar neus in het boek nam ze daarom een Belangrijke Beslissing: ze werd wiskundige. Ze had alleen geen flauw idee hoe ze dat voor elkaar moest krijgen. Elizabeta veranderde ongeveer twee keer per week van school en had nog nooit van haar leven een rapport gehad. In de circuswoonwagen was al geen ruimte voor een eigen bed voor iedereen, om maar te zwijgen van een eigen werktafel met bureaulampje, een draaistoel en een boekenkast. Haar ouders vonden dat volstrekt nutteloze producten, en rekenen **absolute** tijdsverspilling.

3. Het mooiste boek van de wereld

Omdat ze met hun familiecircus het hele land doorreisden, gingen de gezusters Boterbloem om de zoveel dagen naar een andere school. Met uitzondering van Annabella en Bernadetta, die inmiddels niet meer leerplichtig waren, draaiden de meisjes daar dan eventjes mee en vervolgens pakte de familie haar boeltje weer op en trok verder.
De meeste schoolmeesters en schooljuffen besteedden weinig aandacht aan de circusmeisjes en lieten hen maar een beetje aanrommelen. Ook hun tijdelijke medeleerlingen waren meestal onverschillig. Af en toe probeerde iemand met hen **aan te pappen** in de hoop op een vrijkaartje of een privévoorstelling, terwijl anderen juist net iets te hard achter hun rug stonden te fluisteren over vieze circusvlooien, stinkende woonwagenbewoners of rondtrekkende dieven en bedriegers. De zusjes Boterbloem hadden al gauw begrepen dat ze deze klasgenoten zelf maar het beste links konden laten liggen en deden of ze zich er niks van aantrokken.
Het onderwijzend personeel zuchtte meestal opgelucht als de springerige meisjes het schoolgebouw weer verlieten, en slechts een enkeling leek zich oprecht te interesseren voor hun **intellectuele** en overige vaardigheden. Eén daarvan was meester Verhoeven.
Omdat Circus Boterbloem elk jaar ongeveer hetzelfde rondje maakte, had hij de zusjes Boterbloem al heel wat jaren voorbij zien komen. En diep in zijn hart verheugde hij zich elk jaar meer op het weerzien met Elizabeta. Want in tegen-

stelling tot zijn collega's (of het ouderpaar Boterbloem), was het meester Verhoeven meteen opgevallen dat Elizabeta niet alleen bijzondere belangstelling, maar ook bijzondere aanleg voor de rekenkunst had. Ze had haar sommen altijd in een handomdraai af en keek dan bijna hongerig naar een nieuwe stapel opgaven. Meester Verhoeven had haar al gauw wiskundeopgaven gegeven, die hij uit zijn middelbare schoolboeken had overgeschreven. Elizabeta had die met gemak en plezier weten op te lossen.
Inmiddels was meester Verhoeven bijna vijfenzestig jaar en zou hij binnenkort met pensioen gaan. Toen hij enkele weken geleden de meisjes weer het schoolplein op zag komen, had hij niet alleen de jaarlijkse blijdschap gevoeld bij het weerzien van Elizabeta, maar was hij ook een beetje verdrietig geworden. Die avond zat hij nog langer dan anders aan zijn bureau, terwijl hij langzaam door *De Wonderen der Wiskunde* bladerde. Hij wist dat hij Elizabeta de volgende dag voor de laatste keer **in zijn hoedanigheid** als schoolmeester zou zien, en daar wilde hij iets bijzonders van maken. Nadenkend schroefde hij de dop van zijn vulpen, en schreef op het voorblad in zijn prachtige oude meester-handschrift:

Voor Elizabeta Baron Boterbloem, geboren wiskundige.
Van iemand die haar alle rekengeluk van de wereld toewenst!
Meester P.J.H. Verhoeven

De volgende dag, nadat haar vier zusjes het schoolplein in razende vaart op hun eenwielers verlaten hadden, riep

meester Verhoeven Elizabeta – die natuurlijk te voet was – bij zich.
'Alsjeblieft,' zei hij plechtig. 'Dit is voor jou, omdat je mijn allerbeste leerling bent geweest in al die jaren dat ik in het onderwijs zit.'
Elizabeta pakte het dikke, in leer gebonden boek voorzichtig aan en streek met haar vingers over de sierlijke letters op de kaft.
'Helemaal alleen voor mij, om altijd te houden?' vroeg ze verlegen. Meester Verhoeven knikte al even verlegen en slikte. Was hij daar zomaar opeens ontroerd!
'Helemaal alleen voor jou, want je hebt het verdiend,' vervolgde hij na een korte pauze. 'Ik voorzie een grootse toekomst voor jou, Elizabeta! Je zult het misschien niet altijd makkelijk krijgen en je zult het vooral zelf moeten doen, maar hopelijk kunnen boeken als deze je enigzins helpen op dat eenzame pad.'
Elizabeta wist niet wat ze moest zeggen en bleef daarom maar zachtjes over de kaft strijken. Toen ging ze opeens op haar tenen staan en drukte een snelle kus op de stoppelige wang van meester Verhoeven. Vervolgens draaide ze zich om en rende het schoolplein af, met het boek dicht tegen zich aangedrukt.
Meester Verhoeven bleef haar nog lange tijd nakijken, met een verbaasde glimlach op zijn gezicht.

Als je aan Elizabeta zou vragen waarom ze sommetjes, cijfertjes en wiskundeopgaven nou precies zo leuk vond, zou ze je het antwoord waarschijnlijk schuldig blijven. Ze zou hooguit iets mompelen over dat ze het leuk vond, omdat het gemakkelijk was. Maar daar zou je tegenin kunnen brengen dat het misschien juist gemakkelijk was, omdat ze het leuk vond. Een soort kwestie van wat was er eerder, de kip of het ei?

Voor degenen die niet begrijpen dat wiskunde leuk is (of die wiskunde gewoon niet begrijpen, wat ongeveer op hetzelfde neerkomt) helpt het wellicht niet om te vertellen dat wiskunde zo lekker logisch is, maar laten we het toch proberen. Kijk, als iemand in een stortbui gaat staan, zeggen we dat het 'nogal logisch' (of 'nogal wiedes') is dat hij nat wordt. Zoals het ook nogal logisch is dat je je hand verbrandt als je hem in het vuur steekt, of dat je het koud krijgt als je in je zwemkleding op de noordpool gaat wandelen. In de wiskunde is alles logisch. Elk wiskundig probleem heeft een oplossing en de wiskunde kan je bovendien vertellen waarom die oplossing logisch is. Eén plus één is twee; dat is gewoon zo en kan niet anders. Wiskundeliefhebbers houden van die **logica** die antwoord geeft op hun waaromvragen. En misschien hield Elizabeta wel van die logische orde, omdat haar leventje verder zo verschrikkelijk **chaotisch** was.

Elizabeta
10
CIRCUS BOTERBLOEM
WiskUndE

4. Nog een mooiste boek van de wereld

Behalve de 'R' van rekenen hadden Johannes' ouders nog drie R's **hoog in het vaandel** staan: die van Rust, **Reinheid** en Regelmaat. Daarin waren ze niet de enigen, want in hun keurige buurt draaide alles en iedereen om rust, reinheid en regelmaat.
Ter verhoging van de regelmaat hadden de ouders Flegman hun dagschema overzichtelijk en netjes op papier gezet en ingelijst aan de keukenmuur gehangen, want aan papieren die met punaises aan de muur, of met plakband of magneten op een koelkast bevestigd waren, hadden ze een enorme hekel. Vanwege mogelijk ruimtegebrek zullen we de lijst hier niet in zijn geheel overschrijven, maar er stond onder andere op dat het gezin om half acht aan de ontbijttafel diende te zitten, dat Johannes om 07.50 uur zijn tanden moest poetsen, om 07.55 uur zijn jas moest aantrekken en zijn schooltas moest pakken en dat hij om 07.59 uur gereed moest staan bij de voordeur. Klokslag acht uur verlieten de Flegmannen hun woning; Johannes met zijn schooltas en zijn beide ouders met hun aktetassen.
Op even dagen werd Johannes door vader Diederik om 08.10 uur bij school afgeleverd, en op oneven dagen deed Gesina dat, want dat soort zaken had het echtpaar keurig netjes eerlijk verdeeld.
Aangezien de school om half negen begon, moest Johannes dan nog twintig minuten op het schoolplein wachten, maar hij had geleerd die tijd nuttig te besteden. Zijn ouders

hadden hem geadviseerd op die momenten zijn tafels te herhalen, maar Johannes gaf er de voorkeur aan dan radslagen, salto's en andere acrobatiek te oefenen, maar dat had hij maar niet tegen zijn ouders gezegd.
Om precies zes uur 's avonds verlieten de ouders Flegman hun **respectievelijke** werkplekken en liepen naar huis terug. Op even dagen deed Gesina op de terugweg de aankopen voor het avondeten, en op oneven dagen deed Diederik dat, want ook dit had het echtpaar keurig netjes eerlijk verdeeld. Aangezien Johannes' school al om half vier uitging, maakten de ouders Flegman van half vier tot half zeven gebruik van de diensten van juffrouw Petronella Touwslager. Petronella Touwslager was ongeveer even breed als Johannes lang was en stak minstens een kop boven een doorsneevolwassene uit. Haar kapsel deed denken aan een reuzenegel en ze had een flinke snor. Elke dag ging ze gekleed in een schoon gewassen en strak gestreken schort waar een grote 'R' op geborduurd stond, want ook juffrouw Touwslager was een aanhanger van Rust, **Reinheid** en Regelmaat. Ze stond Johannes altijd al voor de schooldeur op te wachten en dan liepen ze samen zwijgend naar Johannes' huis, want Petronella was niet zo'n prater en Johannes wist niet waar hij het met haar over moest hebben. Thuisgekomen sneed ze een appel aan stukjes voor Johannes, want 'snoep verstandig eet een appel' was ook een geliefde uitspraak van de familie Flegman. Je zou verwachten dat Petronella vervolgens nog wat rustige, reine en regelmatige activiteiten op het programma had staan, maar vreemd genoeg – en gelukkig

voor Johannes – braken er dan twee uur van bijna absolute vrijheid aan.
Zoals gezegd was Petronella Touwslager een aanhanger van Rust, **Reinheid** en Regelmaat, maar eerlijkheidshalve moeten we hieraan toevoegen dat ze deze drie R's vooral **in theorie** aanhing. Nou zijn mensen wel vaker aanhangers van iets, zonder dat ze hetgeen ze aanhangen ook **in praktijk brengen**. Dat betekent dat de meeste voetbalfans bijvoorbeeld zelf geen voetballers zijn, dat een tandarts best een enorme snoepkous kan zijn, en dat je ouders je vroeg naar bed sturen omdat 'dat goed voor je is' en zelf ondertussen veel te laat gaan slapen.
Na het appeltje ging Petronella in Diederik Flegmans luie stoel zitten en sprak de woorden die Johannes elke dag weer als muziek in de oren klonken: 'Ga nu maar lekker spelen, jongen.' Aangezien Petronella niet bijster goede oren had, zeker niet als ze héél eventjes een dutje deed, kon Johannes dan bijvoorbeeld zijn bed als trampoline gebruiken en werken aan zijn salto's, zonder bang te zijn dat Petronella dat gespring en gebonk zou horen. Als het mooi weer was, ging hij ook wel buiten spelen; hij moest alleen zorgen zonder kleerscheuren weer op tijd thuis te zijn.

Op die donderdag, een paar weken geleden, kon Johannes bijna niet op zijn stoel blijven zitten tijdens zijn appel. Hij had namelijk iets verschrikkelijk interessants op de stoep zien staan toen hij met Petronella naar huis liep: een vuilnisbak! Vuilnisbakken waren in Johannes' buurt een zeld-

zaamheid. Ze bestonden wel, maar waren bijna onzichtbaar, omdat ze alleen op donderdagochtenden om zeven uur werden buitengezet, en om half acht alweer naar binnen verdwenen, omdat de vuilniswagen tussen zeven en half acht langsreed.
Johannes fantaseerde graag over vuilnisbakken. De vuilnisbak die hij vandaag had zien staan, was een droomvuilnisbak. Niet alleen stond hij dus op het geheel verkeerde moment op de stoep, maar bovendien zat hij zo vol dat het deksel niet helemaal dicht kon en er iets boven de rand uitstak. Het was helaas geen eenwieler of hoge hoed, maar interessant genoeg voor Johannes om meteen na de bevrijdende dagelijkse woorden van Petronella over de stoep naar die vuilnisbak terug te racen.
Het was een boek, een groot en kleurig boek, waarop in bontgekleurde letters schots en scheef te lezen stond: *Mijn circusavonturen.* Johannes wist gewoon zeker dat dat boek voor hem bedoeld was. Hij klapte het deksel helemaal open, trok het boek uit de vuilnisbak, schudde er een bananenschil en wat stofpluizen vanaf en rende toen in één ruk weer terug naar huis met het boek dicht tegen zich aangedrukt.
Thuisgekomen rende hij holderdebolder de trap op en ging op zijn bed liggen lezen. Het boek was zo verschrikkelijk spannend, dat hij bijna vergat om om kwart over zes Petronella wakker te schudden.
Toen Diederik Flegman zijn sleutel in de voordeur stak, zaten Petronella en Johannes nog maar net braaf naast elkaar op de bank rustig te wezen.

5. Over erfelijkheid

Je zou bijna denken dat Elizabeta Bam Boterbloem en Johannes Pythagoras Flegman bij hun geboorte verwisseld waren. Een gedachte die overigens niet bij Elizabeta en Johannes zelf opkwam, om de doodeenvoudige reden dat ze elkaar helemaal niet kenden.
Maar dat soort dingen schijnen te gebeuren, en Johannes en Elizabeta waren inderdaad op dezelfde dag geboren. Het zou verklaren waarom twee circusouders een rekenwonder, en twee wiskundeouders een circusartiest in huis hadden.
Er bestaat tussen Johannes en Elizabeta echter een klein, maar belangrijk verschil dat beide ouders – ervan uitgaande dat ze meteen na de geboorte op de hoogte waren gesteld van het **geslacht** van hun baby – bij het verwisselen van de eerste luier onmiddellijk zouden hebben opgemerkt. Bovendien kwam Elizabeta helemaal niet in een ziekenhuis, maar ergens tussen de circustent en de woonwagen ter wereld, omdat haar moeder gedacht had nog een voorstellinkje te kunnen draaien voordat de **weeën** te heftig werden. Het idee dat Gesina Flegman toevallig ook in het circus haar baby kreeg, is te bespottelijk voor woorden. Johannes werd in een keurig ziekenhuis geboren.
Waarom zouden kinderen ook op hun ouders moeten lijken? Bij versgeboren baby'tjes staan mensen te kirren dat het baby'tje de ogen van papa en de oren van mama heeft of omgekeerd, en als dat baby'tje groter is willen ouders goede eigenschappen en opvallende talenten graag aan zichzelf

toeschrijven (bij slechte eigenschappen is dat verlangen minder sterk).
Maar waarom zouden die bruine ogen niet van een langvergeten overgrootvader komen, het zangtalent van een nog langer vergeten betovergrootmoeder en de taalvaardigheid gewoon helemaal van het kind zelf? Iedereen is een **unieke mix** van erfelijkheden, invloeden van buitenaf, eigen eigenaardigheden, stom toeval en voor de liefhebbers ook nog van de stand van maan, sterren of planeten. Het is zinloos te wensen dat je de blauwe ogen van je vader krijgt als de jouwe al jaren bruin zijn. En het is even zinloos te wensen dat je kind wereldkampioen polsstokhoogspringen wordt als het hoogtevrees heeft, of operazangeres wordt terwijl ze zo vals zingt als een kraai, alleen omdat je dat als ouder ooit zelf had willen worden.
Ondertussen kan het natuurlijk knap vervelend zijn om je het lelijke jonge eendje in de verkeerde vijver te voelen: anders, onbegrepen en alleen. Zo voelde zowel Elizabeta als Johannes zich, zonder dat ze het van elkaar wisten. Anders zouden ze zich misschien een ietsepietsie minder anders, alleen en onbegrepen gevoeld hebben.

Een gedachte die wél eens bij Elizabeta was opgekomen, was dat ze misschien geen Boterbloem was, maar een vondeling. Of dat de ouders Boterbloem haar per vergissing hadden meegenomen omdat ze vergeten waren hoeveel kinderen ze ook alweer hadden. Toen Georgina een baby was, hadden ze haar een keer per ongeluk met kinderwagen

en al in een kruidenierswinkel laten staan en daar waren ze pas na twee uur (en vijftig kilometer rijden) achtergekomen. Toen ze nog eens twee uur later weer bij die kruidenierszaak terugkeerden, lag Georgina kirrend achter de toonbank. Zoiets zou met haar ook gebeurd kunnen zijn, dat wil zeggen: de Boterbloemen hadden hun eigen kind ergens vergeten en toen ze daar eindelijk achterkwamen, hadden ze daarna per vergissing een andere baby meegenomen, en toevallig was zij dat geweest.
Elizabeta schaamde zich een beetje voor dit soort gedachtes, maar dat kwam omdat ze niet wist dat een heleboel kinderen weleens denken dat ze geadopteerd zijn en dat hun echte ouders veel leuker zijn, of bijvoorbeeld koning en koningin zijn.
Bovendien hadden al haar zussen, net als hun moeder, prachtig golvend roodbruin haar dat tot hun billen kwam. Elizabeta's haar leek ongevoelig voor de zwaartekracht en wilde alleen maar in dikke zwarte pieken omhoog groeien, als een soort aangebrande cactus. Maar toen Elizabeta een keertje goed in de spiegel keek, en daarna naar haar vader, moest ze toegeven dat ze eigenlijk verschrikkelijk veel op hem leek. Alleen pakte dat zwarte piekhaar bij hem heel anders uit, vooral als er een hoge hoed bovenop stond.

'Hoe kom je toch aan dat onhandelbare piekhaar?' zei Diederik Flegman elke ochtend verwonderd, als hij probeerde de eigenwijze haren van zijn zoon fatsoenlijk in model te kammen. Diederik Flegman was van mening dat een mens

– ongeacht zijn leeftijd – altijd met strak gekamd haar met een scheiding in het midden de deur uit diende te gaan. Dat deed Diederik zelf ook en dat was in zijn geval snel gepiept, omdat hij nog maar weinig haren had. De scheiding tussen die haren (vijftien links en vijftien rechts) was **dermate** breed dat die bijna zijn hele hoofd **omspande**. Omdat Johannes' haar zo onhandelbaar was, smeerde zijn vader er altijd een heleboel haargel in, die hij overigens brillantine noemde.

Johannes had één keer een jeugdfoto van zijn vader gezien en die had hem erg verbaasd. Ten eerste was het nooit bij hem opgekomen dat zijn vader ook ooit jong was geweest, en ten tweede had de jongen op de foto een heleboel blonde krullen.

Gesina had net als Johannes zwarte haren, maar bij haar zaten die altijd in een lange vlecht die ze vervolgens als een soort koffiebroodje op haar hoofd draaide en met haarspelden vaststak. Johannes had zijn moeder nog nooit met losse haren gezien, en ook nooit een foto van haar als jong meisje. Hij begreep wel dat zij ooit jong moest zijn geweest, maar tegelijkertijd ook weer niet. Zoals je soms dingen met je hoofd begrijpt, die je met je hart eigenlijk niet gelooft.

Johannes wist ook helemaal niks over zijn moeders kindertijd, want daar vertelde ze nooit over, en hij had – voor zover hij wist – geen grootouders, ooms of tantes om eens uit te horen. Hij wist niet eens wat de meisjesnaam van zijn moeder was.

Toen hij kleiner was, had Johannes zich weleens afgevraagd

of zijn ouders eigenlijk buitenaardse wezens waren. Hij had op school gehoord dat die buitengewoon intelligent en dol op cijfertjes waren. Marsmannetjes konden bovendien, al waren ze bijvoorbeeld groen en glibberig, de gestalte van een mens aannemen. Om geen argwaan te wekken, hadden zijn ouders zich dus omgevormd naar gewone mensen. En om op een doorsneegezin te lijken hadden ze ergens een baby'tje gestolen en dat was hij toevallig geweest.
Inmiddels vond Johannes dat een beetje een kinderachtige gedachte, maar soms, als zijn ouders weer hadden doorgezeurd over rekenen, vluchtte hij nog weleens weg in een dagdroom over échte ouders, die natuurlijk vrolijk rondspringende circusartiesten waren. STOP

6. Klasgenoten

Johannes was zeker vijf minuten sprakeloos toen hij ontdekte dat hij naast een circusmeisje zat. Ernaast! Aanvankelijk had hij niks in de gaten. Op de een of andere manier had hij gedacht dat circusmensen altijd in hun strakke pakken of clownskleding rondliepen, eventueel met een ochtendjas eroverheen, maar hij begreep achteraf ook wel dat dat een raar idee was. Het meisje dat naast hem zat, had helemaal geen toffe circuskleren aan, maar een of andere versleten broek en een vaal T-shirt. Ze droeg een soort haarband waarmee ze blijkbaar probeerde haar haren in bedwang te houden, maar die staken alsnog alle kanten op. Ze zat er al toen hij vanmorgen de klas binnenkwam.

Gewoonlijk zat Johannes alleen, want hij was helemaal vooraan gezet, bijna met zijn neus tegen de lessenaar van juffrouw Stellinga, en daar ging niemand vrijwillig zitten. Vroeger zat hij lekker rustig achter in de klas en kon hij op zijn gemak nadenken over interessante dingen en bijvoorbeeld zijn armspieren trainen door zo lang mogelijk op zijn handen te steunen zonder dat zijn billen de stoel raakten. Het was misgegaan toen hij geprobeerd had ondersteboven achter zijn tafel te zitten en hij met zijn voeten had willen schrijven. Juffrouw Stellinga had hem toen direct vooraan gezet en ze keek hem sindsdien permanent op de vingers.

Ze vertelde nu aan de klas dat Elizabeta Boterbloem een dagje of twee met hen zou meedraaien, omdat haar ouders rondtrokken met een circus. Wat ze daarna zei drong in het geheel niet meer tot Johannes door, want vanaf dat moment zat hij alleen nog maar met open mond naar Elizabeta te staren. Dat Elizabeta bij Johannes op school zat, was het gevolg van allerlei ongelukkige en toevallige omstandigheden. Circus Boterbloem sloeg nooit zijn tent op in het keurige stadje van Johannes, want men wist al **generaties** lang dat er in dit plaatsje geen cent te verdienen viel. Je had van die plaatsen waar gewoon niemand naar een voorstelling kwam kijken. Het had geen zin je daar druk over te maken; je kon die plaatsen maar het beste mijden. Maar er was het een en ander misgegaan bij de Boterbloemen, toen ze het vorige

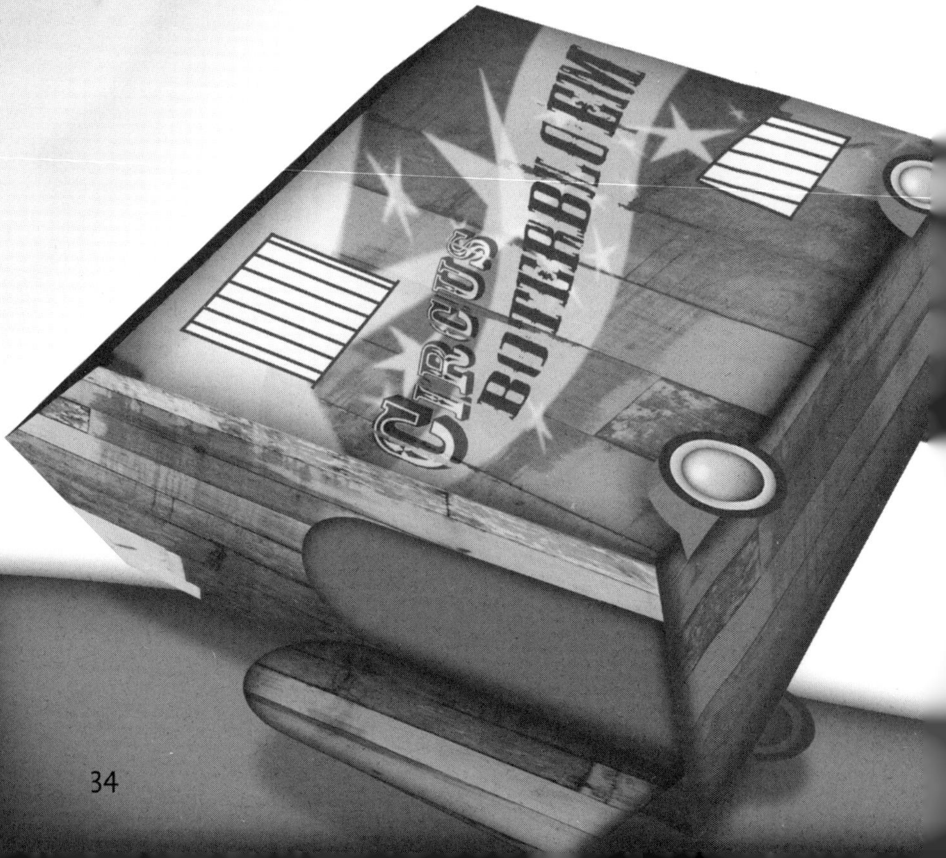

stadje verlieten. Zoals gezegd was Circus Boterbloem een klein circus, maar dat betekende nog altijd dat de familie aardig wat spullen moest meesjouwen: de woonwagen van de familie, de tent (in opgevouwen toestand natuurlijk) en het kassahokje, de tijger- **annex** ganzenkooi (er zat een schot tussen) en dan nog de paardenwagen. Ferdinand Boterbloem trok met een klein maar sterk wagentje de woonwagen, plus een aanhanger waarop de tent lag, terwijl Claudia Boterbloem een iets grotere maar minder sterke auto bestuurde, waarachter de aanhanger met beesten hing.
Het begon ermee dat haar auto niet wilde starten. Toen ze die eindelijk aan de praat hadden gekregen, kreeg Ferdinand al na tien kilometer een lekke band. Maar het ergste van alles was dat, weer tien kilometer verder, de trekhaak van Claudia losliet en ze nog eens een eind verderop pas begreep dat ze zo lekker opschoot omdat de aanhangende dierenverblijven een stuk terug in de greppel waren gereden.

Er zat ten slotte niks anders op dan te stoppen bij het eerstvolgende stadje en dat was toevallig dat van Johannes. Vader Boterbloem wilde de volgende ochtend het liefst meteen verder trekken, maar er moest eerst van alles gerepareerd worden. Bovendien was de tijger overstuur vanwege de val in de greppel.
En toen stonden er ook nog binnen de kortste keren drie agenten op het trappetje, die namens de burgemeester kwamen vragen wat de familie daar deed. Ze zeiden eerst dat de familie Boterbloem onmiddellijk moest vertrekken. Toen zagen ze de meisjes Boterbloem en zeiden ze dat die naar school moesten, omdat ze leerplichtig waren. Ze moesten dus vertrekken en blijven tegelijk, wat niet zo logisch klinkt, maar dat is wel vaker het geval met **officiële instanties**. Zo kwam het dus dat de leerplichtige zusjes Boterbloem opeens op een keurige school zaten waar ze nog nooit waren geweest, terwijl hun ouders en hun nietleerplichtige zussen Annabella en Bernadetta ondertussen probeerden de zaken in orde te brengen.
Elizabeta had allang geleerd geen aandacht te besteden aan de fluisterende klasgenoten om haar heen, en ook van die jongen met wijdopenstaande mond naast haar trok ze zich dus niks aan.
Juffrouw Stellinga had inmiddels het schoolbord opengeklapt, waarop ze de dag daarvoor verschillende rekensommen had geschreven die de leerlingen vandaag moesten maken. Elizabeta had ze binnen een minuut af en keek toen toch maar even om zich heen. Het beviel haar hier wel.

De klas was keurig netjes, met drie rijen kaarsrechte tafels waaraan alle leerlingen ijverig zaten te rekenen. Aan de ene kant waren grote schone ramen waarvoor plantjes stonden, en tegen de andere wand stond een brede boekenkast, waar Elizabeta graag eens in wilde kijken. Dus na een korte aarzeling stak ze haar vinger op om dat aan juffrouw Stellinga te vragen. Juffrouw Stellinga was echter nogal slecht gehumeurd omdat ze opeens met zo'n circuskind in de klas zat opgescheept, dat in haar ogen natuurlijk onaangepast, onopgevoed en onintelligent was. Ze had helemaal geen zin om sommen aan iemand uit te leggen die – gelukkig! – binnen een paar dagen weer verdwenen zou zijn, en als dat kind nu al moest plassen, dan had ze er maar eerder aan moeten denken het toilet te bezoeken. Ze schudde dus meteen haar hoofd, zonder dat Elizabeta haar vraag kon stellen. Maar die was daar wel aan gewend.

7. Een briljant idee

Inmiddels was Johannes weer een beetje bij kennis gekomen. Hij had zijn mond dichtgeklapt en keek nieuwsgierig op Elizabeta's blaadje. Aangezien Elizabeta niets meer te doen had, schoof ze het blaadje richting Johannes, zodat hij de antwoorden kon overschrijven.

Dit ontging juffrouw Stellinga niet. Haar eerste aandrang was die twee lastposten vooraan bij hun oren te grijpen en op de gang te zetten, maar aangezien ze een ijzeren zelfbeheersing had, ging ze rustig achter hen staan. Tot haar stomme verbazing had Elizabeta alle sommen – waar de leerlingen veertig minuten voor hadden – af, en juffrouw Stellinga zag geen fouten. Ze besloot het daarom over een andere boeg te gooien. Ze nam Elizabeta's blaadje in en gaf haar zwijgend een kopietje met de opgaven voor de vol-

gende week. Binnen vijf minuten was Elizabeta ook hiermee klaar. Zo gingen ze nog even door: juffrouw Stellinga die steeds meer opgaven uit haar bureaulade haalde (en daarbij steeds rodere blossen op haar wangen kreeg), en Elizabeta die ze razendsnel oploste (en daarbij vriendelijk bleef glimlachen). Johannes, die sowieso al concentratieproblemen had, kon zijn hoofd nu helemaal niet meer bij zijn rekensommen houden.
Zoals zelfs zijn eigen ouders zeiden, was Johannes echter geen domme jongen. Hij begreep dus al gauw dat hij naast een rekenwonder zat. Nu hij de sommen liet voor wat ze waren, konden de mannetjes in zijn hoofd weer alles bedenken wat ze wilden. Zo kwam het dat hij ineens een briljant idee kreeg. Zoals de meeste briljante ideeën was het tegelijkertijd kinderlijk eenvoudig: dat meisje en hij moesten gewoon van leven ruilen. Hij besloot haar dit idee in het speelkwartier voor te leggen.

Helaas voor Johannes bleef juffrouw Stellinga toen het eenmaal speelkwartier was nog een hele tijd met Elizabeta praten. Terwijl Johannes normaal gesproken als eerste naar de speelplaats stoof, bleef hij nu een hele tijd bij de deur dralen, totdat juffrouw Stellinga hem resoluut naar buiten duwde en de deur achter hem sloot. Johannes kon nu niets anders doen dan zijn idee nog eens te overdenken en daar werd hij nogal zenuwachtig van, want hij realiseerde zich dat er toch nog wat haken en ogen aan zaten.
In Johannes' brein kwamen ideeën en gedachtes meestal als

een ongeordende massa voorbijrollen. Maar op de speelplaats kwamen er twee gedachtes de hele tijd terugstuiteren: konden een jongen en een meisje wel van leven ruilen, en zou Elizabeta dat wel willen? Want wie wil er nou weg bij een circus?
Sommige mensen zouden het misschien verbazingwekkend vinden dat Johannes zich helemaal niet leek af te vragen hoe het met hun ouders zou moeten. Maar diegenen moeten zich realiseren dat Johannes zich absoluut niet gewaardeerd, laat staan zich geliefd voelde door zijn ouders. Dat is misschien een onprettige gedachte, maar laten we de zaken benoemen zoals ze zijn.
Leunend tegen de schoolmuur dwaalde Johannes door de kluwen van zijn hersenen, zonder aandacht te besteden aan zijn medescholieren. Die lieten hem toch meestal links liggen omdat ze hem maar een rare vonden. Opeens werd zijn aandacht echter getrokken door wat geglinster in de hoek van de speelplaats en drong het tot hem door dat er vier wonderschone meisjes met lange golvende haren op eenwielers ingewikkelde rondjes maakten over het schoolplein. Langzaam begreep hij dat er niet één, maar dat er maar liefst vijf circusmeisjes op zijn school aanwezig waren. Hij probeerde te begrijpen waarom dat ene meisje in zijn klas zo volkomen anders was dan deze meisjes. Maar hij werd in zijn overpeinzingen gestoord, omdat meester Verwijzer, tevens schoolhoofd, op de meisjes afstevende en hen beval onmiddellijk met die circusfratsen te stoppen.
Toen de bel weer ging, wist Johannes nog zekerder dat hij

veel beter op zijn plaats zou zijn tussen die fietsende meisjes, dan in zijn stille, keurige ouderlijk huis.

Dat meester Verhoeven de allerfijnste schoolmeester was, had Elizabeta al lang geleden besloten. Na het speelkwartier wist ze ook zeker dat juffrouw Stellinga de allerfijnste schooljuf was. Juffrouw Stellinga had haar eerst verteld dat ze echt geweldig goed kon rekenen (dat wist Elizabeta eigenlijk wel, maar het was toch leuk om te horen), en haar toen lekker tussen de boeken laten kijken. Diep in haar hart hoopte Elizabeta dat haar ouders er niet in zouden slagen hun kapotte wagens te repareren en dat ze daarom hier zouden moeten blijven staan, het liefst voor altijd. Tegelijkertijd wist ze dat ze toch weer verder zouden trekken, want van te lang stilstaan werd de hele familie – met uitzondering van haarzelf — doodongelukkig. Aangezien ze als enige Boterbloem ook precies wist hoe de familie er **financieel** voorstond, begreep ze bovendien dat verder reizen noodzakelijk was om weer in andere plaatsen te kunnen optreden, en dus geld te verdienen. Ze had alleen geen idee hoe haar ouders de reparaties zouden moeten betalen. Het zou er wel weer op neerkomen dat de boel met touwtjes en plakband aan elkaar geknoopt en geplakt zou worden en dat er weer wat langer geen geld zou zijn voor nieuwe schriften, of voor een nieuwe broek voor Annabella, die als oudste en langste Boterbloemdochter geen kleren van haar zusters kon afdragen.

8. Praktische problemen

Toen de bel voor de middagpauze ging, pakte Johannes de zaken voortvarender aan. Hij greep Elizabeta meteen bij haar hand en trok haar mee tot de verste hoek van de speelplaats. Elizabeta was te verbaasd om tegen te stribbelen.
'Ik wil dus wel met je ruilen,' zei Johannes plompverloren.
Elizabeta had vragen verwacht over vrijkaartjes, of opmerkingen dat circusmensen dierenbeulen zijn omdat ze beesten laten optreden. Vandaar dat ze Johannes eerst een tijdje niet-begrijpend aankeek.
'Je wilt zeker niet weg bij het circus?' vroeg Johannes teleurgesteld.
Elizabeta vroeg zich af of die jongen misschien niet helemaal goed bij zijn hoofd was, tenslotte had hij haar in de klas alleen maar met open mond zitten aankijken en hij leek niet in staat een begrijpelijke zin uit te brengen.
'Dat snap ik eigenlijk wel,' zei Johannes. 'Want als ik bij een circus hoorde, zou ik er nooit van mijn levensdagen meer weggaan. Maar ik dacht dat jij, omdat je dus een rekenwonder bent, misschien wel bij mijn ouders zou willen wonen, omdat die dus ook rekenwonders zijn, terwijl ik dat dus niet ben, maar dus wel circusartiest wil worden en zo ...' Johannes had nu in de gaten dat hij nog steeds Elizabeta's hand vasthield en liet die verschrikt los.
Elizabeta's hersenen vormden ondertussen logische stukjes uit de woordenstroom van Johannes en zetten die overzichtelijk op een rijtje. Van dat rijtje maakte Elizabeta een

optelsom en concludeerde ten slotte dat hij haar voorstelde van leven te ruilen. Het was een verrassend voorstel, maar interessant genoeg om eens over na te denken.
'Heb je een eigen werktafel met een lampje erop?' vroeg ze zakelijk.
'Natuurlijk,' knikte Johannes. 'Ik heb een eigen slaapkamer met een werkhoek en een boekenkast. En mijn ouders zeuren, ik bedoel, willen elke avond sommen met me maken.'
'Elke avond helemaal met jou alleen?!'
Johannes vreesde dat Elizabeta dit idee zo afgrijselijk vond dat ze zou afhaken. Maar toen hij de opgewonden blik in haar ogen zag, begreep hij dat ze dit juist een zeer aantrekkelijk idee vond. Hij vertelde dus gauw verder over de cijfertjesliefde van zijn ouders, hun *Wiskundig Tijdschrift*, het tijdschema boven de koelkast en alle andere regeltjes en gewoontes in huize Flegman. Ondertussen haalde hij zijn overblijftrommel tevoorschijn en toen hij even niks meer te vertellen wist, nam hij een hap uit zijn boterham. Op dat moment drong het tot hem door dat Elizabeta niks bij zich had en vroeg hij met volle mond of ze soms naar huis moest tussen de middag.
Elizabeta haalde haar schouders op. 'Ze missen me toch niet als ik niet thuiskom en bovendien zijn ze waarschijnlijk de tijd vergeten en is er toch niks te eten.'
Aarzelend stak Johannes haar zijn bakje toe. Niet dat hij niet wilde delen, maar hij vond zijn boterhammen verschrikkelijk saai en was bang dat Elizabeta ze ook niet lekker zou vinden. Zijn hele schoolleven lang had er elke dag precies

hetzelfde in zijn trommeltje gezeten: vier boterhammen met kaas en een heel dun laagje boter, vijf partjes komkommer, een wortel en op vrijdag tevens een gekookt eitje, omdat ze dan 's ochtends gymnastiek hadden. Elke ochtend, terwijl Diederik Flegman probeerde Johannes' haar te kammen, maakte Gesina zijn lunchpakket klaar. Dat hadden ze dus niet helemaal eerlijk verdeeld, maar dat kwam omdat Gesina een hekel had aan haren kammen.
'Lekker,' zei Elizabeta, terwijl ze op de grond ging zitten, met haar rug tegen de schutting, die de speelplaats omringde. Johannes ging naast haar zitten en bood haar, behalve een tweede boterham, ook gul alle plakjes komkommer en de wortel aan (het was maandag, dus er zat geen gekookt ei bij). Tegelijkertijd namen ze de mogelijke problemen van hun levensruil door. Dat het nogal ingewikkeld was om van leven te ruilen, vond geen van beiden een probleem. Integendeel: ze werden er allebei alleen maar enthousiaster van.

Eén van de zwakke plekken in hun plan was het feit dat Johannes een jongen, en Elizabeta een meisje was. Elizabeta vond het absoluut geen probleem om zich voor te doen als jongen, maar Johannes had er meer moeite mee te accepteren dat hij – in ieder geval een tijdje – een meisje moest zijn, want vreemd genoeg vinden jongens dat vaak een angstaanjagend idee. Hij was opgelucht dat Elizabeta in ieder geval geen jurken droeg (dat zou pas echt een ramp zijn geweest) en na een **discrete** blik op Elizabeta's T-shirt constateerde hij nog opgeluchter dat een beha gelukkig ook

niet nodig was. Het was een mazzeltje dat ze allebei zwart haar hadden. Ze geloofden dat Johannes' haren er zonder haargel ongeveer zoals die van Elizabeta uit zouden zien, en dat Elizabeta's kapsel dankzij de gel zoals dat van Johannes zou worden. Het moest natuurlijk wel wat geknipt worden, en aangezien ze geen van beiden geld hadden, zouden ze dat zelf moeten doen. (Dat Elizabeta geen geld had moge duidelijk zijn. En Johannes' zakgeld werd wekelijks op een spaarrekening gestort waar hij pas op zijn achttiende aan kon komen, omdat hij er voor die tijd waarschijnlijk alleen maar nutteloze zaken van zou kopen.)
Toen de bel ging, spraken ze af dat Elizabeta na schooltijd Johannes en juffrouw Petronella Touwslager zou volgen, en dat Johannes na zijn appeltje haar op de hoek van de straat zou treffen.

Christoffel
Eduard
Berend
Daniel
Ferdinand
Gesina
Arend
Hannes
Georgius
Giselle

9. Familiegeschiedenissen

Johannes en Elizabeta praatten, leunend tegen de schutting van de school, over hun huis en hun ouders en dat soort dingen, maar gingen niet verder terug dan hun eigen leven lang was. Voor hen begon het leven op het moment dat ze zich bewust werden van hun eigen bestaan, en wat er daarvoor gebeurd was, was iets voor geschiedenisboeken of oudemensenverhalen, kortom: niet interessant.
Toch kunnen we het niet laten iets verder in het familieverleden van de Boterbloemen te duiken. Voor de volledigheid zouden we – eerlijk is eerlijk – ook wat over de Flegmannen moeten vertellen, maar die waren al sinds de achttiende eeuw boekhouders. Het enige interessante feit is wellicht dat er in 1833 een Flegman tot dertig jaar gevangenisstraf werd veroordeeld, naar het schijnt vanwege geknoei met cijfertjes en geld. Zelfs een Flegman kan dus van het rechte pad geraken, maar daarover wellicht een andere keer.

De geschiedenis van Circus Boterbloem gaat zeker terug tot de achttiende eeuw, maar we beginnen bij Georgius Boterbloem, de grootvader van Elizabeta, die in zijn tijd een bijna wereldberoemde clown was. Georgius en zijn lieftallige echtgenote Giselle (eveneens een nazaat uit een beroemd circus**geslacht**) kregen acht kinderen, want in het algemeen was het geslacht Boterbloem uitermate vruchtbaar. Helaas waren de Boterbloemen ook allemaal bijzonder eigenwijs, eigenzinnig en eigenlijk ook een beetje eigenaardig. Hoe

ouder de kinderen Boterbloem werden, hoe moeilijker hun samenwerking verliep, totdat de een na de ander met een eigen circusje begon, dat ze allemaal ook weer Circus Boterbloem noemden. Dat was verwarrend voor het publiek en had bovendien enorme consequenties voor de bezoekersaantallen, omdat de mensen het in het algemeen nog wel leuk vinden om eens per jaar naar het circus te gaan, maar geen zin hebben om elke zoveel weken naar weer een stukje Boterbloem te gaan kijken. Bovendien hadden de circussen Boterbloem inmiddels concurrentie gekregen van televisieshows, pretparken en van andere, grotere en beroemdere circussen en omdat ze tegelijkertijd constant op de vingers werden gekeken of zelfs werden getikt door talloze keurings- en inspectiediensten, ging de lol er voor de Boterbloemen meer en meer af.
Ten slotte besloten de twee oudste gebroeders Boterbloem, de tweeling Arend en Berend, hun boeltje bij elkaar te pakken en hun geluk elders te zoeken. Ze vertrokken per vrachtschip naar de Verenigde Staten van Amerika, waar ze als Circus Butterflower een redelijk succesvol bestaan op wisten te bouwen.
Nadat het tweetal een aantal zeer enthousiaste en eerlijk gezegd ook wat overdreven succesverhalen naar de achterblijvers had verstuurd, besloot nummer drie, Christoffel, dat ook hij beter op zijn plaats zou zijn in dit land van onbeperkte mogelijkheden en hij vertrok. Na een moeizame start als krantenjongen richtte hij uiteindelijk het Circus Christoph C. Buttercup op en aangezien Amerika een groot

land is konden beide circussen er rondtrekken zonder elkaar in de weg te zitten.
Nummer vier, de zachtaardige Daniel (zoals gezegd was de gewoonte kinderen in alfabetische volgorde te benoemen een **traditie** bij de familie Boterbloem) reisde wat minder ver, en vestigde zich met zijn Cirque Fleur de Beurre (overigens geen correcte vertaling van boterbloem, maar dit terzijde) in Frankrijk.
Eduard, de ijdelste van allemaal, deed op jonge leeftijd auditie bij de gehate concurrent en werd aangenomen als televisieclown met een eigen kinderprogramma en een eigen woonwagen naast de televisiestudio's – een wagen die echter niet kon rijden, waardoor hij niet meer serieus genomen werd door de overige Boterbloemen.
De jongste Boterbloem, Hannes, was ook een geval apart. Hij besloot naar Rusland te gaan omdat daar zulke fantastische circussen zouden zijn en belandde al spoedig in Siberië, waarna er niks meer van hem vernomen werd. Men dacht dat dat kwam door de lage temperaturen en de slechte postverbindingen waar Siberië om bekendstaat.
Georgius en Giselle hadden slechts één dochter gekregen, maar tot hun grote verdriet had deze dochter, die overigens Gesina heette, geen enkele belangstelling voor het circusvak. Ze besloot dan ook om het circusleven vaarwel te zeggen, schreef zich in op een handelsschool en ging wonen in een bescheiden appartementje op de tiende verdieping van een torenflat.
Hoewel de broers Boterbloem altijd hun mond vol hadden

over vrijheid, hadden ze geen goed woord over voor hun zus die de vrijheid had genomen in een flat te gaan wonen en ze verbraken al het contact.

Zo kwam het dus dat Ferdinand na de dood van zijn ouders de enige Boterbloem was die door dit land trok. Zijn echtgenote Claudia kwam overigens niet uit een circusfamilie, maar was opgegroeid in een middelgrote stad in een middelgroot gezin en was tijdens een circusbezoek als een baksteen voor Ferdinand gevallen; eerst letterlijk (ze verslikte zich in haar popcorn, wilde naar buiten en struikelde daarbij de tribune af) en meteen daarna viel ze ook figuurlijk voor hem: ze werd verliefd. Tot schrik en afkeuring van haar familie trok ze vrijwel direct bij Ferdinand in. Enige jaren was er geen enkel contact tussen Claudia en haar familie, maar inmiddels stuurden ze elkaar weer jaarlijks een nieuwjaarskaart.

10. De overeenkomst tussen een haarband en een driedubbele salto

In een straat waar alles keurig kaarsrecht en opgeruimd is, kun je je zelfs als redelijk gewoon en niet al te groot meisje bijzonder opvallend voelen. Elizabeta zocht wanhopig naar een boom om tegenaan te leunen of een etalage om zogenaamd geïnteresseerd in te kijken, maar ze vond helemaal niks. Zoals afgesproken was Elizabeta na school Johannes en die reusachtige vrouw gevolgd. Nu waren ze al zeker vijf minuten geleden achter een van de **identieke**, keurige voordeuren verdwenen en wandelde Elizabeta al voor de derde keer de straat door. Ze probeerde daar zo lang mogelijk over te doen, maar er tegelijkertijd uit te zien als iemand die precies weet wat ze doet. Dat is echter wat moeilijk vol te houden als je alleen maar op en neer loopt. De hele buurt was, zeker voor Elizabeta's oren, ongewoon stil en de bescheiden klik waarmee uiteindelijk een voordeur gesloten werd, klonk dan ook bijna als een kanonschot. Elizabeta liep rustig op Johannes af en ze zag dat het hem de grootste moeite kostte hetzelfde te doen.
'We moeten even wat blijven rondlopen totdat juffrouw Touwslager in slaap is gevallen, want dat doet ze altijd, en dan ga je zachtjes met me mee naar binnen en dan gaan we op mijn kamer onze haren afknippen, want dat kunnen we natuurlijk nergens op straat doen.' Johannes probeerde te fluisteren, maar af en toe sloeg zijn stem van de zenuwen over. Tenminste, Elizabeta hoopte dat het van de zenuwen

kwam en niet van een beginnende baard in de keel of iets anders ingewikkelds. Ze knikte ondertussen kalm en bedacht dat deze buurt op een aangenaam precieze, wiskundige manier gebouwd was, waardoor ze zich nog rustiger ging voelen. Ze legde even haar hand op Johannes' arm, maar toen ze zag dat hij daar vreselijk van schrok en nog zenuwachtiger leek te worden, trok ze haar hand snel weer terug.

In Johannes' huis was alles even keurig netjes als buiten, zelfs zijn slaapkamer. Elizabeta had gedacht dat het daar een enorme bende zou zijn, maar ze was even vergeten dat het elke zaterdag schoonmaak- en opruimdag was in huize Flegman. En aangezien het pas maandag was, had Johannes nog niet zo veel overhoop kunnen halen. Petronella Touwslager had zachtjes snurkend in Diederiks fauteuil gelegen toen ze binnenslopen, en nadat ze een snelle ronde door het huis hadden gemaakt, sloten ze zich op in de badkamer. Johannes wilde voortvarend de schaar in Elizabeta's haar zetten, maar Elizabeta commandeerde hem eerst zijn hoofd onder de kraan te steken en waste er met een hoop shampoo de plakkerige haargel uit. Daarna deed ze haar haarband uit, stak haar eigen hoofd onder de kraan en bekeek naast Johannes in de spiegel het resultaat. Ze leken nu allebei op een aangebrande cactus, eentje die net geblust was, waarbij de Elizabeta-cactus een stuk groter was dan de Johannes-cactus.
'Laat mij mezelf maar knippen,' zei Elizabeta, toen ze zag dat Johannes zijn hand al naar de schaar uitstak. Ze was

ervan overtuigd dat ze beter kon knippen dan Johannes, omdat de familie Boterbloem nooit naar de kapper ging en zij degene was die alle Boterbloemenharen keurig recht bijpuntte of, in het geval van haar vader, kort knipte. Ze pakte een flinke pluk en zette de schaar erin. Maar aangezien Johannes alleen een oude en botte keukenschaar had gevonden, die in zijn hele scharenleven nog nooit één haar had aangeraakt, viel het niet mee die pluk daadwerkelijk af te knippen. Hoewel Elizabeta's haar niet erg lang was, moest ze toch zeker een kwartier stevig doorknippen voordat alles in min of meer gelijke delen op haar hoofd stond. Daarna knipte ze nog een enkel plukje uit Johannes' haar en gaf hem de haarband aan.

'Doe maar in,' zei ze, terwijl ze de tube haargel pakte, 'of wacht, laten we eerst maar eens van kleren ruilen.' Hoewel die hele levensruil Johannes' idee was geweest, legde hij nu opeens een enorme traagheid aan de dag en staarde hij Elizabeta sullig aan. Misschien kwam die traagheid gewoon door die haarband, die eigenlijk het enige duidelijk meisjesachtige bezit van Elizabeta was, tenminste: zo op het eerste gezicht. Elizabeta begreep dat zij nu even de meest doortastende van de twee moest zijn, want ze hadden tenslotte nog veel meer op het programma staan en dat moest allemaal voor kwart over zes geregeld zijn. Ze zei dus tegen Johannes dat hij nu met zijn rug naar haar toe zijn kleren uit moest doen en dat zij, ook met haar rug naar hem toe, hetzelfde zou doen. Daarna reikten ze elkaar, zonder achterom te kijken, hun kleren aan. (Het leek hen overigens niet nodig ook

√3

van onderbroek te ruilen.) Toen ze zich ten slotte allebei, weer aangekleed en wel, omkeerden keken ze elkaar verbaasd aan. Elizabeta was ietsje groter dan Johannes, waardoor Johannes' broek bij haar een beetje hoog water had, terwijl haar T-shirt bij Johannes nog iets meer lubberde, maar verder was het resultaat beslist verrassend.
'Kun je zelf je haren kammen, of moet ik dat doen?' vroeg Elizabeta, terwijl ze een flinke klodder gel in haar haren smeerde.
'Ik wist niet dat je je haren kamde. Volgens mij kan ik er gewoon mijn vingers doorhalen.' Johannes had eindelijk zijn stem weer teruggevonden, wat misschien wel kwam omdat hij tijdens het omkleden had gedacht aan een van zijn favoriete **passages** uit *Mijn circusavonturen*. Daarin is de hoofdpersoon – Abraham Aardvogel – er na maanden oefenen eindelijk in geslaagd een perfecte driedubbele salto uit te voeren. '*Ik begreep nu dat het circusleven ook lijden betekende, maar dat al dat lijden de moeite waard was geweest voor dit ene moment van puur geluk*,' schrijft Aardvogel aan het einde van die passage.
Weinig mensen zullen een salto met een haarband vergelijken, en **fysiek** is het aandoen van een haarband absoluut eenvoudiger dan het maken van een driedubbele salto, maar het lijden was er voor Johannes niet minder om. Zo voelde hij zich daar voor die badkamerspiegel opeens veel meer circusartiest dan ooit tijdens de talloze saltosessies in zijn slaapkamer.

11. Een snelle start

Elizabeta en Johannes waren ervan overtuigd dat ze na een paar weken weer hun eigen geslacht aan zouden kunnen nemen. Elizabeta wist zeker dat het voor haar ouders belangrijker was dat al hun kinderen konden optreden in het circus en ze vermoedde dat ze het zelfs wel prettig zouden vinden dat die ene onhandige dochter opeens een getalenteerde jongen bleek te zijn, want meisjes hadden ze toch al in overvloed. Johannes wist al even zeker dat zijn ouders het wiskundetalent van hun kind stukken belangrijker vonden dan of het een jongen of een meisje was. Al zouden ze voor die plotselinge verandering van het mannelijk naar het vrouwelijk geslacht misschien nog wel een wiskundig onderbouwde, wetenschappelijke verklaring willen vinden, maar daar zou Elizabeta ze mooi mee kunnen helpen. Bovendien waren ze er allebei van overtuigd dat hun ouders hen eigenlijk niet zagen staan. Kortom, als allebei hun ouders op een gegeven moment zouden ontdekken dat hun kind bij nader inzien een ander **geslacht** had, zouden ze dat vast voor lief nemen, omdat het opeens ideale kinderen waren geworden.
Desondanks leek het Johannes en Elizabeta verstandig de veranderingen geleidelijk door te voeren, omdat anders zelfs hún ouders waarschijnlijk zouden vermoeden dat ze een ander kind in huis zouden hebben, in plaats van een veranderd kind. Dat betekende onder andere dat Elizabeta zich een tijdje zou moeten inhouden met haar rekensom-

men, en Johannes met zijn acrobatische kunsten. Uit dit alles blijkt wel dat Johannes en Elizabeta er tijdens die korte middagpauze in geslaagd waren alle kanten van hun ruil te overdenken.

Stap twee in hun 'levensruil' was een bezoek aan Circus Boterbloem, waarbij Elizabeta zich natuurlijk zou voordoen als Johannes, en Johannes als Elizabeta. Om het de lezer gemakkelijk te maken, zullen we vanaf nu Elizabeta (die er nu dus uitziet als Johannes) Elizabeta-Johannes noemen. En Johannes (die er nu dus uitziet als Elizabeta) noemen we Johannes-Elizabeta. Johannes-Elizabeta blijft dus – dat lijkt me duidelijk – 'hij', en Elizabeta-Johannes blijft 'zij'.
Na zijn overwinning op de haarband voelde Johannes-Elizabeta zich al stukken zelfverzekerder, maar toen ze de circuswagen naderden, werd hij toch weer behoorlijk zenuwachtig. Elizabeta-Johannes had wel gezegd dat de Boterbloemen waarschijnlijk niet eens zouden merken dat ze weer thuis was, laat staan dat ze niet alleen was. En ze vermoedde dat de kapselverandering hun ook niet zou opvallen. Maar toch liep het zweet hem van spanning in straaltjes over de rug. Dit was hun **vuurproef**. Oké, ze hadden nog wat tijd. Ze zouden na dit bezoekje weer naar de Flegmannen terugkeren, hun kleren omruilen en als de échte Johannes en Elizabeta in hun eigen huizen gaan slapen om pas de volgende ochtend voor schooltijd Johannes-Elizabeta, en Elizabeta-Johannes te worden.
Maar Johannes-Elizabeta stelde zich opeens voor hoe de vol-

tallige familie Boterbloem schuddebuikend van het lachen hun hele wisseltruc meteen door zou hebben en hem met haarband en al smalend naar huis terug zouden sturen. Hij veegde zijn zweterige handen af aan zijn – nou ja, Elizabeta's – broek en haalde eens diep adem. Hij was nog maar enkele minuten, en ongeveer vijftig meter, verwijderd van het allerbelangrijkste moment van zijn leven.

'Je lijkt echt op mij,' fluisterde Elizabeta-Johannes, 'en ik laat je zo alles zien. Dan weet je alvast welke la van mij is, waar ik slaap en van de kassa en zo.' Ook dat hadden ze al eerder besproken, dus Johannes-Elizabeta luisterde nauwelijks, mede omdat zijn aandacht werd afgeleid door een meisje op een eenwieler dat nog wat langer en langhariger was dan de meisjes die hij die ochtend op de speelplaats had gezien.

'Elizabeta Bam!' riep ze met een boze blik in haar ogen. 'We staan zeker al een uur op je te wachten! Alles is klaar en gerepareerd en we willen zo snel mogelijk dit ingeslapen rotstadje verlaten voordat we allemaal gillend gek worden!' Tegelijkertijd boog ze voorover, greep Johannes-Elizabeta bij zijn middel en fietste met hem onder de arm terug naar de circuswagen.

'Ja, sorry, dag hoor,' riep ze nog even over haar schouder, 'maar we zijn een circusfamilie en we gaan nu weer verder.' Johannes-Elizabeta was te verbaasd om iets te zeggen, of zelfs te denken, toen hij slingerend onder Annabella's arm naar het circusterrein gefietst werd.

Nu was het de mond van Elizabeta-Johannes die openhing,

terwijl ze roerloos toekeek hoe Johannes-Elizabeta in de circuswagen verdween, ze zag haar vader nog een keer rond de wagens lopen en de trekhaken controleren, ze hoorde haar moeder iets naar Falderina roepen en toen klapten de portieren dicht en verdween de kleine colonne langzaam uit het zicht.

Geleidelijk kwamen er weer gedachtes in haar hoofd. Hun plan had dus gewerkt: ze hadden Johannes voor Elizabeta aangezien en hij was met razende snelheid lid geworden van de circusfamilie. Dat was de positieve kant van het geheel. Daartegenover stond dat er door die razende snelheid een heleboel was wat Johannes nog niet wist. Elizabeta had hem nog niet eens verteld in welk bed hij sliep en waar haar nachtpon lag! Ze was er zeker van geweest dat haar familie hier nog wel een paar dagen zou blijven staan, zodat Johannes en zij eventuele praktische problemen samen konden uitwerken en konden bespreken hoe het allemaal verliep bij de Flegmannen en de Boterbloemen. Nu stonden ze er allebei zomaar helemaal alleen voor.

Elizabeta-Johannes realiseerde zich opeens dat ze die rare jongen miste, terwijl ze elkaar pas een paar uur kenden! Ze had eigenlijk nog nooit een vriend of vriendinnetje gehad, en Johannes was nou niet bepaald haar type met zijn onrustige gedrag en zijn drukke gebabbel over driedubbele salto's en circusavonturen. Maar hij had gek genoeg iets vertrouwds gehad, iets eigens en herkenbaars, al kon ze niet zeggen waar dat dan door kwam.

De kerkklok sloeg vijf keer. Om kwart over zes moest ze

naast Petronella Flegman op de bank zitten, maar voor die tijd zou ze haar nieuwe woning maar eens beter gaan leren kennen. Elizabeta-Johannes haalde een paar keer diep adem en liep toen langzaam terug naar het keurige huis in de keurige straat waar ze Johannes zou worden.

12. Staan op je hurken en ander ongemak

Johannes lag met zijn hele lichaam tegen de woonwagenwand aangedrukt en durfde niet te bewegen, uit angst per ongeluk Dorinda aan te raken. Hij had eigenlijk nooit met meisjes opgetrokken, behalve misschien lang geleden op de kleuterschool, en hij wist nooit wat hij met ze moest. Met twee meisjes tegelijk in bed liggen was dan ook een van de dieptepunten van deze dag. Het mocht trouwens een wonder heten dat hij in het juiste bed was terechtgekomen, bedacht Johannes, terwijl hij aan de bult voelde die hij had opgelopen toen Georgina hem uit het onderste bed had geduwd. Toen Falderina met een enigszins verbaasd gezicht naar het bed boven haar wees, had hij ontdekt dat er inderdaad tussen de wand en Dorinda een paar centimeter over waren.

Johannes hele lichaam was stijf, en dat kwam niet alleen omdat hij zich zo stevig tegen de woonwagenwand aandrukte (wat trouwens niet eens hielp, omdat Dorinda in haar slaap steeds meer plaats innam). Het kwam ook van alle zenuwslopende toestanden die hij sinds zijn razendsnelle binnenkomst bij de familie Boterbloem had meegemaakt.

Annabella had hem voor de circuswagen losgelaten en toen Johannes zag dat er binnen een paar langharige circusmeisjes zaten, was hij daar na enige aarzeling maar naast gaan zitten.

'Wat heb je met je haar uitgespookt?' vroeg de kleinste

– Georgina dus waarschijnlijk – onmiddellijk. Elizabeta had toch gezegd dat niemand iets over die knippartij zou zeggen, dacht Johannes, terwijl hij wanhopig naar een overtuigend antwoord zocht.

'Die idiote schooljuf dacht dat ik misschien luizen had en heeft mijn haren afgeknipt,' wist hij uiteindelijk uit te brengen, en hij hoorde hoe zijn stem weer oversloeg. Georgina keek hem doordringend aan en vroeg: 'En dat vond je zomaar goed?'

Johannes haalde alleen maar zijn schouders op en hoopte dat ze alsjeblieft niks meer zou vragen, want hij plaste bijna in zijn broek van de zenuwen. Hij wist niet eens of er een wc in deze circuswagen zat. Hij kon toch moeilijk vragen of hij even van het toilet gebruik mocht maken, zoals zijn moeder hem dat geleerd had. Gelukkig zei Falderina toen dat ze iets op haar hoofd voelde kriebelen en begonnen de zussen allemaal druk kwebbelend tussen elkaars haren te zoeken.

Ondertussen had vader Boterbloem de motor gestart en wiebelde de wagen langzaam het grasveldje af, de weg op, waar Johannes in een flits de stomverbaasde Elizabeta zag staan. Maar dat had niemand van de Boterbloemen opgemerkt.

Nu ben ik dus circusartiest, zei Johannes tegen zichzelf, en tussen het zenuwachtige gekronkel in zijn maag en het angstige gerommel in zijn darmen, voelde hij ook een paar opgewonden sprongetjes in zijn hart.

Als Johannes met zijn ouders in de auto zat, was dat altijd doodstil en stevig ingegordeld op de achterbank. Daarom

keek hij stomverbaasd toe hoe de gezusters Boterbloem door de hele wagen liepen, soms zelfs op hun handen, hoe Falderina zich midden op de vloer op een ingewikkelde manier in de knoop legde en hoe Georgina opeens met kopjes ging gooien, omdat ze 'het beter kon dan mama'. Natuurlijk had hij graag even meegedaan, maar er was al genoeg misgegaan met hun stappenplan en hij wist dat hij zich moest beheersen, wilde hij de levensruil niet helemaal in het honderd laten lopen. Hij veronderstelde dat Elizabeta op dergelijke tochten zwijgend bleef zitten. Maar hij besefte meer en meer dat hij het hele Flegmanschema aan Elizabeta had verteld, maar zelf niets wist van het Boterbloemschema. Nou bestond zo'n schema bij de familie Boterbloem natuurlijk niet (al had Johannes wel stiekem even boven de koelkast gekeken of er echt geen lijstje hing) en volgens Elizabeta lette niemand ooit op haar, dus maakte het ook allemaal niks uit. Maar Johannes voelde zich uitermate opvallend. Toen het begon te schemeren waren ze even gestopt, maar tegen de tijd dat Johannes begrepen had dat er avondeten was, was het alweer op. Toen was het absolute dieptepunt van deze dag gekomen.
'Allemaal even plassen voordat we verder rijden!' had vader Boterbloem geroepen. Meteen zaten er in de berm een rij gehurkte meisjes en één gehurkte mevrouw, terwijl vader Boterbloem met zijn rug naar hen toe bij een boom stond. Johannes had nog nooit buiten geplast en wilde opgetogen naast vader Boterbloem gaan staan, toen hij zich realiseerde dat hij voorlopig een meisje was en dus ook in de gehurkte

rij thuishoorde. Johannes had nooit gedacht dat hij naar het toilet in zijn eigen huis zou verlangen, en bedacht jaloers dat Elizabeta daar gewoon met de deur dicht kon plassen. Wanhopig keek hij van links naar rechts en schoot uiteindelijk ten einde raad een paar struiken in, want dat het tijd was voor een plaspauze had vader Boterbloem goed gezien. Met de nodige moeite slaagde Johannes erin om tussen de prikkerige takken, min of meer op zijn hurken staand, te doen wat hij moest doen. Hij was maar net op tijd terug in de wagen en begreep dat Elizabeta wel een beetje gelijk had gehad, want de familie was bijna zonder hem verdergereden.
De zusjes Boterbloem waren toen inmiddels allemaal bezig met het aantrekken van een nachtjapon en als ze niet al gereden hadden, zou Johannes van schrik onmiddellijk weer de woonwagen uitgesprongen zijn. Gelukkig werd er toen iets over zijn hoofd gegooid dat Johannes netjes liet zitten, totdat hij begreep dat het geen blinddoek was, maar een nachtjapon. Na even nadenken had hij die over zijn T-shirt aangetrokken en pas daarna zijn broek uitgedaan. En toen – een dieptepunt komt nooit alleen – waren alle bedden ook nog bezet geweest.

Dorinda snurkte inmiddels zo tevreden dat Johannes haar nu wel een beetje van zich af durfde te duwen en zijn nachtjapon rechttrok, want dat ding zat helemaal om zijn lichaam gedraaid. Waarom Elizabeta niet gewoon in een pyjama sliep, was hem een groot raadsel.

Inmiddels stond de woonwagen al een tijd stil en Johannes kon net door het kleine raampje boven hun bed de maan tussen de takken van een grote boom zien schijnen. Hij dacht aan de keurige huizen in zijn eigen keurige straat, aan het lijden van Abraham Aardvogel, en vooral aan Elizabeta Boterbloem, met wie hij op dit moment eigenlijk heel graag even zou willen praten.

13. Vanzelfsprekendheden

In principe zou Elizabeta het stukken makkelijker moeten hebben in het geordende Flegmanbestaan, maar ook voor haar liep het niet helemaal vlekkeloos. Zo had Johannes haar in alle haast zijn huissleutel niet kunnen geven en moest Elizabeta zeker een halfuur onopvallend maar toch hoorbaar kloppen op het voorkamerraam om Petronella Touwslager wakker te krijgen. Na een gemompeld 'dank-e-wel' (dat hield het midden tussen 'dankjewel' en 'dankuwel', omdat ze eigenlijk niet wist of Johannes u of jij zei tegen Petronella Touwslager) rende ze de trap op naar Johannes' slaapkamer en ging trillend op bed zitten. Na een paar minuten had ze haar gedachtes en gevoelens weer op een rijtje en ging ze voorzichtig achter het bureau zitten. Ze streek zachtjes met haar hand over het houten blad, knipte het lampje een paar keer aan en uit, trok de lades open, probeerde de pennen uit, bladerde door wat smoezelige schriften en viste ten slotte uit de onderste lade *Mijn circusavonturen*. Ze had niet eens haar lievelingsboek kunnen meenemen, bedacht Elizabeta treurig en ze voelde haar maag even samenknijpen toen ze aan haar *Wonderen der Wiskunde* dacht, waar Johannes straks bovenop zou liggen slapen.
Omdat Elizabeta een even logisch als praktisch denkend iemand was, besloot ze alle gedachtes aan Johannes en de circuswagen uit haar hoofd te zetten en zich te storten op haar nieuwe leven. Ze sloop de trap af en zag tot haar

opluchting dat Petronella Touwslager weer snurkend in de leunstoel lag. In de keuken prentte ze het weekschema boven de koelkast in haar geheugen, deed alle kastjes en laatjes zachtjes open en weer dicht, zodat ze niet overal zou hoeven zoeken als ze om 18.45 uur de tafel diende te dekken, en ging toen naar de plaats die haar al voortdurend als een magneet aantrok: de boekenkast.
Elizabeta was al gauw zo verdiept in deel één van de wiskunde-encyclopedie, dat het haar niet opviel dat het snurken van Petronella Touwslager gestopt was. Ze schrok zich dan ook een hoedje toen een lage stem opeens vroeg of Johannes op de bank kwam zitten. Elizabeta belandde met een schok weer in de werkelijkheid, klapte het boek dicht, zette het haastig terug en plofte toen naast Petronella op de bank. Nog geen seconde later hoorde ze hoe een sleutel in het slot van de voordeur werd gestoken.

Het is wonderbaarlijk hoe vanzelfsprekend mensen alles binnen hun eigen huisgezin vinden, zonder zich te realiseren dat het voor anderen misschien helemaal niet zo vanzelfsprekend is. Het kan voor de ene familie bijvoorbeeld heel gewoon zijn om gezamenlijk aan tafel te eten en voor de andere familie om altijd voor de televisie te eten; om altijd ‘u’ of juist altijd ‘jij’ tegen elkaar te zeggen. En zo zouden we nog pagina’s door kunnen gaan, omdat de mensen in grote lijnen hetzelfde zijn, maar in de kleine lijntjes toch allemaal anders.
Het waren die ongeschreven vanzelfsprekendheden die

e =
mc²
√3

Elizabeta's eerste avond tot een nog ingewikkelder avontuur maakten dan het toch al was. Ze had regelmatig het gevoel dat Diederik en Gesina elkaar verbaasd aankeken, maar wist niet precies wat ze verkeerd deed.

Hoe had ze ook moeten weten dat Johannes altijd pas ging tafeldekken als zijn ouders hem nadrukkelijk op het schema hadden gewezen? Of dat hij meestal een handstand maakte als hij overhoord werd? Ze begreep wel dat ze niet 'nu al?!' had moeten zeggen toen ze zeiden dat ze klaar waren met overhoren van haar rekensommen, maar dat flapte er gewoon uit en was natuurlijk een vergissing.

Elizabeta ging om acht uur braaf in bed liggen, maar lag nog lang wakker. Ze had het koud, ze miste de warmte van haar zussen, en de knopen van die stomme geruite pyjama prikten tegen haar buik.

Johannes werd vroeg wakker van het bevrijdende geluid van het doortrekken van een toilet. Door zijn oogwimpers zag hij Claudia Boterbloem uit het smalle deurtje komen, waarvan hij zich gisteren al had afgevraagd wat het was. Nadat hij voorzichtig over zijn nieuwe zusjes was heengeklommen, ontdekte hij dat daar niet alleen een toilet, maar ook een douche en wastafel achter zaten. Terwijl hij wat water in zijn gezicht plensde, vroeg Johannes zich af waarom de hele familie gisteren dan in de berm had moeten plassen. Daar ging hij in ieder geval niet meer aan meedoen, zeker niet zolang hij zogenaamd een meisje was. Johannes trok de kleren van gisteren aan en besloot dat Elizabeta vandaag geen haarband zou dragen. Terwijl hij ongestoord over het circusterrein dwaalde, wist Johannes zeker, veel zekerder dan de vorige avond, dat Elizabeta en hij de juiste beslissing hadden genomen. Daar kwam bij dat Elizabeta iedereen er altijd aan herinnerde dat ze naar school moesten, maar dat Johannes-Elizabeta dat net als de Boterbloemen volledig vergeten was en dus ook nog eens zomaar een vrije dag had. Hij smeerde een stapel boterhammen toen de familie aan het repeteren was en at die liggend onder de tribune op, terwijl hij toekeek en bedacht hoe zijn eigen toekomstige optreden eruit zou zien. Hij maakte een praatje met de tijger, veegde met Falderina de **piste** en toen had Bernadetta opeens geroepen dat Elizabeta als de wiedeweerga achter de kassa moest gaan zitten omdat er al een enorme rij stond. Blijkbaar moest ook deze dag helaas een dieptepunt kennen. Zwetend en zwoegend probeerde Johannes uit te rekenen hoeveel vijf keer acht euro vijfentwintig was. En toen een meneer een briefje van vijftig gaf, moest hij ook nog uitrekenen hoeveel de man dan terugkreeg. Toen hij ook nog begon over kinderkorting gaf Johannes hem maar gauw het briefje van twintig dat hij zojuist van een groep jongens had gekregen. Waarom konden die mensen niet gewoon één voor één een toegangskaartje kopen en dat dan keurig gepast betalen? Alleen de laatste klant van die dag was in zijn eentje. En hij was ook de enige die zo vriendelijk was Johannes erop te wijzen dat hij te veel geld teruggaf.

14. Vreemd bezoek

Haar eerste schooldag als Johannes was Elizabeta niet meegevallen en had een hoop van haar zelfbeheersing gevraagd. De teleurgestelde blik van juffrouw Stellinga, toen die zag dat Elizabeta's plaats leeg bleef, was haar meteen opgevallen en ze had haar graag toegefluisterd dat ze er eigenlijk nog was, maar dat zou natuurlijk erg onverstandig zijn geweest. Het was vervolgens minstens even moeilijk geweest te doen alsof ze de rekensommen niet snapte. Maar eenmaal thuisgekomen had ze, zo gauw Petronella Touwslager lag te snurken, deel één van de wiskunde-encyclopedie weer uit de boekenkast gehaald en op bed liggen lezen. Het gekke was dat het net leek of ze minder goed kon lezen als het steeds maar doodstil bleef. Maar in het algemeen beviel Johannes' leven haar wel, al vond ze de nachten koud. En soms vroeg ze zich even af, of het alleen de warmte van haar zussen was die ze miste, of misschien ook nog iets anders.
Op haar tweede schooldag had Elizabeta zich niet kunnen inhouden en had ze de helft van de rekensommen gemaakt, waardoor juffrouw Stellinga in ieder geval wat minder verdrietig keek. En omdat het woensdag was, had Elizabeta de hele middag om verder te lezen in de wiskunde-encyclopedie; ze was ondertussen begonnen aan het tweede deel. In haar circuswagen had ze altijd gedroomd van een plekje waar ze rustig en ongestoord zoveel zou kunnen lezen en rekenen als ze wilde. Maar vreemd genoeg, nu ze eindelijk

zo'n plekje had, vond ze het soms moeilijker haar gedachtes erbij te houden in het doodstille Flegmanhuis, dan in de Boterbloemherrie.

Elizabeta had nog maar net de encyclopedie bij 'K' opengeslagen om toch maar weer verder te lezen, toen ze werd opgeschrikt door een bescheiden geklingel van de voordeurbel. Ze kon natuurlijk niet weten dat er nooit aangebeld werd bij de Flegmannen, maar bij de Boterbloemen werd ook nooit aangebeld, om de doodeenvoudige reden dat die geen deurbel hadden. Ze bleef met bonkend hart en gespitste oren op bed liggen en vreesde dat de politie, de kinderbescherming of een andere **officiële instantie** de trap op zou stormen, omdat de levensruil van Johannes en haar ontdekt was. Ze vroeg zich af of Johannes iets stoms gedaan had, en of ze zich nu moest verstoppen, moest vluchten of zich met haar handen omhoog moest overgeven. Er gebeurde helemaal niks.

Na vijf minuten pakte Elizabeta de wiskunde-encyclopedie weer op en verdiepte zich in het onderwerp kansberekeningen, toen er nogmaals, en nu wat langer, gebeld werd. Deze keer sloop ze op haar tenen naar het raam en gluurde voorzichtig om een hoekje van het gordijn naar buiten. Helaas deed ze dat precies op het moment dat degene voor de deur omhoog keek en Elizabeta wist zeker dat hij haar, of in ieder geval het bewegende gordijn, gezien moest hebben. Ze bleef even besluiteloos staan, maar toen de bel voor de derde keer klingelde, besloot ze toch de voordeur maar open te gaan doen. Dat zou Johannes tenslotte waarschijnlijk ook

gedaan hebben, en bovendien leek de man voor de deur niet op een politieagent, en ze hoopte maar dat mensen van de kinderbescherming er ook anders uitzagen.
Zodra ze de deur opendeed, glimlachte de man vriendelijk en zei: 'Als jij geen Boterbloem bent, eet ik mijn rugzak op!'

Die woensdagochtend had Bernadetta er helaas op gewezen dat de vijf jongste Boterbloemzusjes naar school moesten. Johannes keek jaloers zijn zusjes na, die op hun eenwielers vertrokken, en wandelde toen op zijn gemak de richting op waar de school moest zijn. Na al die Boterbloemdrukte genoot hij eigenlijk wel van de stilte om hem heen. Maar net toen hij besloten had dat hij natuurlijk ook gewoon kon blijven rondwandelen, had Annabella hem op haar eenwieler ingehaald en hem – wederom onder haar arm – bij school afgeleverd. Elizabeta had hem helemaal niet verteld dat die Annabella zo'n bemoeial was. Gelukkig had hij, eenmaal in de klas, ongestoord uit het raam kunnen staren.
Deze woensdagmiddag zouden er maar liefst twee circusvoorstellingen zijn en Johannes verheugde zich daar verschrikkelijk op, al voelde hij tegelijkertijd iets vervelend kriebelen in zijn maag als hij aan de circuskassa dacht. Helaas kreeg hij deze keer geen briljante ideeën om al vanaf vandaag van die afgrijselijke kassataak verlost te worden.

Elizabeta wilde de voordeur onmiddellijk weer dichtgooien, maar de man kwam al met uitgestoken hand op haar afstappen en zei dat hij haar oom was. 'Hannes, Hannes

Boterbloem,' voegde hij daar stralend aan toe.
'Ik eh, u moet zich vergissen,' hakkelde Elizabeta, terwijl ze angstig een paar stappen achteruit zette. 'Ik ben Johannes, Johannes Pythagoras Flegman om precies te zijn en ik ben dus absoluut geen Boterbloem, echt niet.'
'Johannes Flegman,' herhaalde Hannes Boterbloem langzaam, en hij zette zijn rugzak op de grond. Elizabeta vroeg zich af of ze hem al overtuigd had en hij die rugzak nu meteen zou gaan opeten, maar Hannes streek alleen even met zijn grote handen door zijn haar en staarde haar peinzend aan. 'Johannes Pythagoras Flegman, natuurlijk, dat spreekt voor zich, je vader heet Diederik Flegman begreep ik,' mompelde hij, 'maar je moeder ...'
'Waarom komt u niet even gezellig in de woonkamer zitten, meneer Boterbloem?' Juffrouw Petronella Touwslager was blijkbaar wakker geworden en verrassend geruisloos naar de gang gelopen en gebaarde vriendelijk en uitnodigend naar de zitkamer.
Terwijl Hannes Boterbloem zijn rugzak pakte, maakte Elizabeta van de gelegenheid gebruik als een haas naar boven te schieten.
Ze ging op Johannes' bed zitten, sloeg de wiskunde-encyclopedie open en meteen weer dicht en dacht een tijdje diep na. Er moest een logische verklaring zijn voor het bezoek van Hannes Boterbloem aan de Flegmannen, en die logische verklaring moest zij kunnen vinden. Stapje voor stapje ging Elizabeta de dingen langs die de man gezegd had, en vooral ook de dingen die hij niet gezegd had. En opeens schoot de

verklaring als een heldere bliksemflits haar hoofd binnen. Ze vroeg zich af waarom ze dat niet meteen begrepen had. Maar zo gaat dat meestal met logische inzichten. De vraag was alleen wat ze met deze inzichten aan moest.

15. De 'R' van respect

Johannes had geen briljante ideeën gekregen, maar wel wat gewone ideeën en die probeerde hij, zodra hij weer bij Circus Boterbloem terug was, **in praktijk te brengen**. Hij wilde aan de zusjes Boterbloem voorstellen dat een van hen de kassa zou overnemen, maar de meisjes renden alleen maar door elkaar, vroegen Johannes-Elizabeta om hun pakjes dicht te ritsen of waar ze de make-updoos konden vinden en luisterden ondertussen absoluut niet naar hem. Zelfs toen hij deed alsof hij vreselijke buikpijn had en met zijn handen tegen zijn buik over de grond ging rollen, negeerden ze hem volledig, behalve Falderina, die hem vroeg even haar haren opnieuw te vlechten. Hiervan schrok Johannes zo verschrikkelijk, dat hij opsprong, wegrende en zich opsloot in het toilet.
'Ik ben vreselijk misselijk!' riep hij door de gesloten deur. 'Ik heb diarree, ik moet overgeven en ik kan geen haren vlechten en geen kassa doen en niks.' Er kwam geen antwoord.
Na een minuut of tien keek Johannes voorzichtig door het kleine toiletraampje en zag dat er behoorlijk wat mensen voor de kassa stonden en dat de rij alleen maar langer werd. Hij deed de wc-deur open en gluurde om het hoekje. De woonwagen was helemaal verlaten. Hij glipte de woonwagen uit en keek toen aarzelend van de circustent naar het kassahokje en weer terug, terwijl er allerlei gedachtes door zijn hoofd sprongen. Moest hij nou gewoon zijn hartenwens volgen en midden in de **piste** gaan staan? Of moest hij zich aan het stappenplan en zijn plichtsgevoel houden en dus

netjes achter de kassa gaan zitten? Uiteindelijk koos hij eigenlijk niet, maar deed iets wat een beetje van allebei, en tegelijk geen van beide was.

Er was één 'R' die Petronella Touwslager nog veel belangrijker vond dan alle andere 'R'-en bij elkaar, en dat was de 'R' van respect. Ze respecteerde zowel de rust, reinheid en regelmaat van de ouders Flegman, als Johannes' verlangen naar acrobatische toeren, door zich regelmatig slapende te houden, waarmee ze tegelijk haar eigen verlangen naar rust respecteerde. Iedereen en alles respecteren is tenslotte vooral een kwestie van zoeken naar een – soms wankel – evenwicht. Ze had zelfs op haar eigen, rustige wijze gerespecteerd dat Johannes ergens in de loop van de maandagmiddag iemand anders geworden was, net zoals ze gerespecteerd had dat de ouders Flegman dat niet zagen.
Op deze ongewone woensdagmiddag respecteerde ze zowel haar eigen nieuwsgierigheid als het verlangen van Hannes Boterbloem zijn levensverhaal te vertellen. We kunnen dat levensverhaal hier helaas niet in zijn geheel weergeven, maar het kwam er op neer dat Hannes' Russische circusavontuur al spoedig geëindigd was in een Siberisch strafkamp en dat hij pas zeer kort geleden in zijn vaderland was teruggekeerd. Terwijl Petronella hem een glaasje water serveerde en een appeltje voor hem schilde, vertelde Hannes over zijn terugkeer, en over zijn bezoek aan het circus van zijn broer Ferdinand, waar hij onopvallend tussen het publiek had gezeten.

'Ik maak me zorgen,' zei hij vertrouwelijk tegen Petronella, voor wie hij direct een warme sympathie voelde, 'want achter de kassa zit een van zijn kinderen die werkelijk geen benul heeft van rekenen. En aangezien Geesje, ik bedoel Gesina, altijd zo handig met cijfertjes was, wilde ik graag met haar overleggen, want al houdt ze niet van het circus, vermoed ik ...'
'U kent Gesina Flegman al lang?' viel Petronella hem in de rede, terwijl ze een tweede appeltje begon te schillen.
'Natuurlijk, mijn hele leven!' Hannes streek over zijn zwart-grijze stekeltjeshaar en kreeg een dromerige blik in zijn ogen. 'Vroeger kamde ze elke dag mijn haren, dat zusje van me.' Hoewel niemand het ooit van haar had gezegd, was ook Petronella beslist niet dom en nadat ze deze laatste mededeling van Hannes Boterbloem even op zich had laten inwerken, begon ze redelijk snel een heleboel te begrijpen. Het feit dat ze afgelopen maandag op haar ochtendwandelingetje Circus Boterbloem in hun stadje had zien staan, hielp haar een extra handje hierbij.
'Uw neef Johannes heeft duidelijk circusbloed,' zei ze tegen Hannes Boterbloem, 'maar ik weet niet helemaal zeker of de Johannes die u bij de voordeur zag, ook de Johannes is die ik bedoel.' Petronella Touwslager had daarna nog aardig wat tijd nodig om aan Hannes Boterbloem uit te leggen wat ze precies bedoelde, maar daarna waren ze het snel eens.

De oplossing die Johannes had gevonden bestond uit het verzorgen van een eigen circusprogrammaatje tussen de

kassa en de circustent in, waarbij hij ondertussen de mensen opriep het geld voor de toegangskaartjes gepast in zijn schoen – die hij toch had uitgetrokken – te stoppen. Zo hoefde hij niet écht te kiezen tussen kassa en piste. 'En als u nou niks gepast heeft, dan geeft u gewoon wat meer, want daarvoor krijgt u deze extra voorstelling van Joha... ik bedoel Elizabeta Boterbloem!' riep Johannes.
Sommige mensen applaudisseerden, anderen mopperden wat. Of ze nou daadwerkelijk geld in zijn schoen stopten was Johannes-Elizabeta niet helemaal duidelijk, maar hij vond wel dat hij een fantastische voorstelling gaf.
Net toen hij aan een nieuwe reeks salto's wilde beginnen, drong het tot hem door dat de mensen wel erg dicht om hem heen stonden. Toen hij het zweet uit zijn ogen had geveegd, begreep hij dat hij niet omringd werd door een enthousiast publiek, maar door zes boze zussen Boterbloem, die hem met hun armen over elkaar geslagen uitermate dreigend aankeken.
'Wat heb je met Elizabeta gedaan?' vroeg Falderina uiteindelijk. 

16. Circusbloed

Het zou interessant zijn als Elizabeta ooit eens zou kunnen uitrekenen hoeveel gedachtes er binnen één seconde door je hoofd kunnen schieten – bij Johannes waren er dat in ieder geval een heleboel.
'Maar ik bén Elizabeta,' probeerde hij wanhopig, 'ik ben gewoon aan het veranderen. Ik wil net als jullie aan de circusvoorstelling meedoen, want ik ben óók circusartiest, geen rekenwonder!' Op dat eerste zinnetje na school daar natuurlijk beslist enige waarheid in, maar beslist niet genoeg om de gezusters Boterbloem op andere gedachtes te brengen. Toen ze allemaal nog een dreigende stap naar voren zetten, begreep Johannes-Elizabeta dat er niets anders op zat dan de waarheid te vertellen.

Ongeveer diezelfde ene seconde schoten er ook door het hoofd van Elizabeta-Johannes een heleboel gedachtes. Dat was op het moment dat Hannes Boterbloem en Petronella Touwslager na een bescheiden klopje de slaapkamer waren binnengestapt met de mededeling dat ze naar het circus gingen 'om wat zaakjes recht te zetten'. Hoewel Hannes en Petronella niets dreigends hadden, klonk dat 'rechtzetten' zo onheilspellend, dat ook Elizabeta-Johannes vrij snel besloten had de waarheid te vertellen.
Ruim een uur later reden ze met z'n drieën in de gedeukte Russische Lada van Hannes Boterbloem het circusterrein op. (De Boterbloemen hadden twee dagen eerder een stuk

langer over die tocht gedaan, maar dat kwam omdat ze met hun aan elkaar geplakte wagens toen nog langzamer reden dan gewoonlijk al het geval was.)
Na een korte aarzeling slopen ze alle drie de circustent in, waar de Boterbloemen ijverig aan het oefenen waren. Tot Elizabeta-Johannes' stomme verbazing waren haar zussen samen met Johannes-Elizabeta bezig een levende piramide te vormen, daarbij aangemoedigd door haar vader die – hoe is het mogelijk! – riep dat Elizabeta het fantastisch deed. Eigenlijk had ze gedacht dat Johannes al ontmaskerd zou zijn, omdat hij tenslotte acht mensen moest zien wijs te maken dat hij Elizabeta was, terwijl zij maar drie (nou ja, vier) mensen hoefde wijs te maken dat ze Johannes was.
Ze had spijt dat ze zich had laten meeslepen en wilde er stiekem tussenuit knijpen, toen Hannes haar hand greep en haar naar de piste trok.
Ferdinand staarde hen even verstoord aan, toen zakte zijn mond wijd open (dat was misschien ook wel een familietrekje) en vervolgens sloot hij zijn broer in zijn armen. Enkele minuten lang hoorden de omstanders niet veel anders dan 'Hannes' en 'Ferdinand' en nog wat gemompel, schouderklopjes en zelfs (dacht Elizabeta) gesnik. Ten slotte lieten ze elkaar los en wees Hannes op Elizabeta-Johannes.
'Dit is je neef Johannes,' zei hij.
'Je zoon?'
Hannes schudde zijn hoofd. 'Het is ook míjn neef, want Johannes is de zoon van Diederik Flegman en onze zus Gesina Boterbloem.'

Deze opmerking verraste Johannes-Elizabeta zo volkomen, dat hij zijn concentratie en evenwicht verloor, waardoor de menselijke piramide met een hoop lawaai in elkaar stortte.

'Ongelofelijk hoeveel een neef en nicht op elkaar kunnen lijken,' zei Claudia Boterbloem, terwijl ze voorzichtig een pleister op de knie van Charlotta plakte, die als enige een lichte verwonding had opgelopen bij de valpartij. 'Ik zou bijna zeggen dat ...' Midden in de zin hield Claudia haar mond, keek van Johannes-Elizabeta naar Elizabeta-Johannes, bloosde, werd bleek, sloeg haar handen voor haar gezicht en ging toen hoofdschuddend midden in de piste zitten. Misschien had ze nog wat willen zeggen, maar op dat moment werd het zeil bij de ingang woest opzij getrokken en stapten Diederik en Gesina Flegman naar binnen. Petronella Touwslager was zo vriendelijk geweest voor hen een briefje achter te laten.
'Ik weet niet wat juffrouw Touwslager bezield heeft om je hier mee naartoe te nemen, maar nu kom je mee naar huis,' zei Diederik Flegman, terwijl hij Elizabeta-Johannes bij haar hand pakte. Toen keek hij verbaasd naar zijn echtgenote, die juist hetzelfde had gedaan, maar dan bij Johannes-Elizabeta.

Natuurlijk beweerden beide ouderparen vervolgens dat ze best wisten wie wie was, en zowel Petronella Touwslager als de zusjes Boterbloem waren zo vriendelijk er niet tegenin te gaan. Het is tenslotte een algemeen bekend feit dat ouders

onvoorwaardelijk van hun kinderen houden, en misschien is die ouderliefde ook een beetje blind. Omgekeerd schijnen kinderen ook onvoorwaardelijk van hun ouders te houden (hoe vervelend die soms ook kunnen zijn). De Flegmannen wilden dus Johannes terug, en de Boterbloemen Elizabeta. Claudia voegde daaraan toe dat ze ze ook best allebei wilde nemen, want 'waar plaats is voor zeven, is plaats voor acht'. Gesina zei toen dat zij er ook best ééntje bij wilde hebben, waarop Diederik meteen enthousiast begon te praten over 'rekenmaatjes'.
'Jullie kunnen ze toch ook delen,' zei Falderina praktisch. Ze was overigens ook degene die eerder die dag haar zussen had overtuigd Johannes-Elizabeta nog even te houden, al was het maar omdat ze nu eindelijk weleens een menselijke piramide met zijn zevenen wilde vormen.
'Er komt een moment dat ouders hun kinderen moeten loslaten, en kinderen hun ouders. En dat moment valt voor de één soms wat vroeger dan voor de ander,' zei Petronella nuchter.
Dankzij het briljante idee van Falderina en de bemiddeling van Petronella Touwslager werd uiteindelijk besloten dat Elizabeta en Johannes doordeweeks bij de Flegmannen, en in het weekend, als het circus tenminste niet té ver weg was, en in de vakanties bij de Boterbloemen zouden verblijven.
'Circusbloed is circusbloed, en dat kun je best delen,' zei Hannes Boterbloem tegen niemand in het bijzonder, al kneep hij daarbij wel even in de hand van Petronella Touwslager.

Georgina
Falderina
Elizabeta
Claudia
Ferdinand
Dorinda
Annabella
Johannes
Charlotta
Bernadetta
Diederik

Eduard
Christoffel
Berend
Daniel
Arend
Gesina
Hannes
Georgius
Giselle

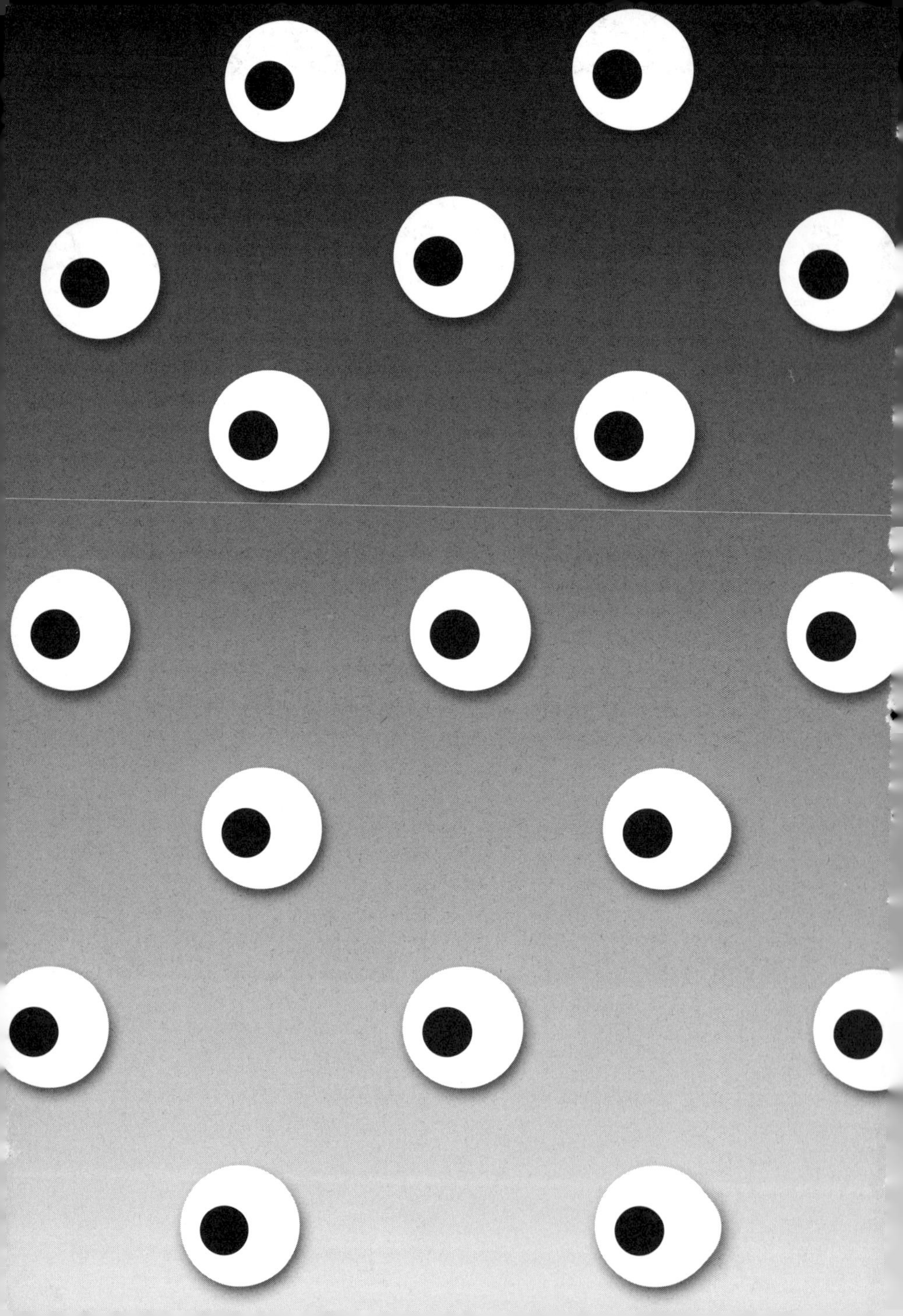